Coordinador de la colección: Daniel Goldin
Diseño: Joaquín Sierra Escalante
Dirección artística: Mauricio Gómez Morin
Comentarios y sugerencias:
alaorilla@fce.com.mx

A la orilla del viento…

Primera edición: 2000

D.R. © 2000, Fondo de Cultura Económica
Av. Picacho Ajusco 227; México, 14200, D.F.
www.fce.com.mx

ISBN 968-16-6149-4

Impreso en México

Odisea por el espacio inexistente

M. B. Brozon
ilustraciones de Guillermo de Gante

FONDO DE CULTURA ECONÓMICA

PRIMERA PARTE

Capítulo 1

◆ "¿Qué pudo haber pasado?", se preguntaba Andrés sin alcanzar a explicárselo cuando escuchó el timbre de salida. Después de una historia académica completamente limpia, ahora llevaba a casa dos números rojos, uno en música y otro en matemáticas. Mientras caminaba hacia su casa con la cabeza gacha y unas lágrimas resistiéndose a salir de sus ojos, recordó el día de los exámenes; cómo se confundió con los quebrados y se quedó mirando el papel, incapaz de resolver nada, y cómo después, nervioso por el fracaso de ese examen, tampoco pudo tocar *Claro de Luna* con su flauta. Sus dedos se movían de acuerdo con las notas, pero no logró sacar el menor soplo, provocando en la maestra un gesto de furia y en sus compañeros sonoras carcajadas. Andrés era el único de la clase a quien le preocupaba reprobar esa materia, porque su papá era músico.

La única triste sonrisa que esbozó Andrés durante todo el regreso fue cuando pensó en Isabel. Ella también había reprobado y tampoco solía hacerlo. No fue esto lo que lo hizo sonreír, sino que tuvieran algo en común, aunque fueran unas reprobadas. Andrés estaba enamorado de ella, incluso habían sido novios a principio de año, pero Isabel lo cortó por haber atrapado a otra jugando "Atrapados" en algún recreo.

Andrés palpó en su bolsillo la hojita que decía: *"Andrés, no te preocupes mucho; estas cosas pasan. Isabel"*. El papel estaba un poco húmedo a causa del sudor de sus manos, y el nerviosismo lo acompañó hasta la puerta de su casa, adonde llegó con los ojos hinchados y la nariz roja.

Por lo menos era viernes y su papá tenía ensayo, de modo que no llegaría hasta después de las siete. Andrés cruzó los dedos deseando no toparse con nadie en el camino a su cuarto, pero al entrar lo primero que vio fue a su hermano Tomy, que jugaba en el pasillo con unos cubos.

—Pareces tomatito, por rojo y cachetón —le dijo sonriente.

El comentario no le hizo ninguna gracia. Subió a su cuarto cabizbajo y en silencio.

Después de comer se sentó a estudiar con muchas ganas, pero, entre la preocupación y el berrinche, se había cansado tanto que se quedó dormido sobre el libro de geografía, dejando una gran mancha de baba en el mapa orográfico de México. Entonces tuvo un sueño muy raro: soñó que llegaba su papá y encontraba la boleta de calificaciones que él había escondido en el congelador. Al principio confundía la boleta con un hielo y lo sumergía en su bebida; pero al darse cuenta de que su hielo era una prueba de la ignorancia de su hijo, montaba en cólera y lo ponía a trabajar de pisapapeles –lo cual llegó a ser muy angustiante–, hasta que Andrés despertó sobresaltado. Gotas de sudor escurrían por sus sienes. El reloj marcaba las seis cuarenta y tres. Todavía sin haber despertado del todo, decidió que era preferible no enfrentar a su papá. Vació su mochila con rapidez, dejando únicamente la flauta y el cuaderno de matemáticas, y metió un juego de pants. No le cupieron sus tenis, pero como no tenía tiempo de ponerse a pensar en lo ridículo que se iba a ver con pants y zapatos, los arrojó a un lado de la cama y salió de su cuarto de puntitas. Su mamá estaba en el cuarto de Tomy, ayudándolo con la tarea. Andrés tomó de la alacena dos latas de atún, algunas galletas y un yogurt, y con eso emprendió el camino no sabía a dónde. Era la primera vez que escapaba de su casa, y su corazón latía tan rápido como cuando tomó su boleta de manos de la directora.

Caminó durante un rato, con un enjambre de pensamientos en la cabeza que le impidió sentir el paso del tiempo. Cuando se dio cuenta ya había oscurecido por completo y sintió algo de miedo. Se sentó en la banqueta y casi sin quererlo empezó a escuchar la voz de su conciencia, que le decía que reprobar no era tan malo, que a muchos del salón les pasaba y a ninguno lo habían puesto a trabajar de pisapapeles. Le recordó que su papá no era un mal tipo y las más de las veces tomaba las cosas con calma. Y por último, su conciencia le dijo que un pisapapeles de su tamaño era totalmente impráctico. Andrés sintió ganas de regresar a su casa y escaparse otro día, más temprano. Resuelto, volvió a andar por el mismo camino que lo había llevado hasta ahí.

Algunas cuadras antes de llegar a su casa, Andrés empezó a sentir cansancio. Tanto, que tuvo que sentarse de nuevo. Su reloj marcaba las ocho y media. Pensó que al llegar a su casa no sólo lo regañarían por reprobar materias, sino también por salir sin avisar y regresar tan tarde.

De pronto, un par de individuos enormes que parecían haber salido de la nada interrumpieron sus preocupaciones. Andrés quiso salir corriendo, pero las piernas no le respondieron. No podía ver sus caras, pues estaban cubiertos con gabardinas y sombreros. A pesar del miedo que para entonces lo había invadido por completo, Andrés no pudo correr ni moverse; sus ojos estaban a punto de cerrarse. Sólo alcanzó a oír que uno le decía al otro con voz tipluda:

–¿Es éste?

Y que el otro le contestaba con una voz parecida:

–Sí, es éste.

Entonces se durmió profundamente. ◆

Capítulo 2

◆ –¿Y QUÉ diantres es esto? –escuchó Andrés cuando el sueño que lo había invadido empezaba a esfumarse. Era la voz aguda que antes había preguntado si él era él.

–Pues lee, zonzo –contestaba el dueño de la otra voz–: A...T...Ú...N.

Andrés dedujo que esculcaba su maleta y, aunque estaba realmente aterrorizado, no podía permitir que un par de gorilas con voz de soprano lo despojaran de sus escasas provisiones; sin embargo no pudo hablar: estaba amordazado. Sintió ganas de echarse a llorar, pero comprendió que no era buen momento para eso. Hizo un esfuerzo por tranquilizarse y tratar de adivinar dónde estaba. Sus ojos se fueron acostumbrando a la falta de luz, mientras seguía escuchando las vocecillas que provenían de un lugar al que su mirada no tenía acceso.

–El atún sabe muy mal, a fierro –dijo uno.

–¡Ah, pero qué torpe eres, primero tienes que sacarlo de la lata! –respondió el otro. Andrés casi sonrió.

Poco a poco logró definir su entorno. Era un cuarto muy amplio: paredes de ladrillo, algunas ventanas muy altas y una puerta de metal en la pared que estaba frente a él. En el espacio que alcanzaban sus ojos encontró una mesa, un par de sillas además de la que él ocupaba, y una vitrina en la que había, bien acomodados, seis envases de leche comunes y corrientes, como los que compraban en su casa, y una licuadora. Como la mordaza le impedía hablar, hizo ruidos quejumbrosos:

–¡Mmmmh, mjfhhfh!

Andrés se sorprendió cuando acudieron a su llamado. Él esperaba ver a los fortachones que lo habían atrapado, pero en su lugar aparecieron dos hombres más bien chaparros, uno gordo y otro flaco, sin gabardinas ni sombreros. El gordo era calvo y, al contrario, el delgado tenía una buena mata de cabello recogido hacia atrás en una trenza. Ambos sonreían, ofreciendo un aspecto totalmente inofensivo.

–Ya se despertó el nene –dijo el de la trenza, que traía la mochila de Andrés colgada en un hombro.

–¡Mmmmh, fhnxxhfg! –siguió gimiendo Andrés. Al ver que sus captores no parecían malos se tranquilizó un poco, aunque creía reconocer las mismas voces de los hombres de la gabardina. El pelón se le acercó y desamarró la mordaza. Cuando tuvo libre la boca, a Andrés se le olvidó lo que iba a decir y sólo se les quedó viendo con ojos sorprendidos.

–¿Tienes hambre, Andrés? –preguntó el pelón, con una inexplicable familiaridad.

–¿Cómo sabe mi nombre? ¿Quiénes son ustedes? ¿Por qué me trajeron aquí?

–Uy, pequeñín, haces muchas preguntas –contestó el de la trenza–. Sabemos muchas cosas de ti. Cosas que ni te imaginas....

–Cosas que ni tú mismo sabes –interrumpió el otro para concluir.

Como no entendía nada prefirió contestar la pregunta que le hicieron al principio.

–Tengo mucha hambre.

–¡Magnífico, hagamos el almuerzo! –dijeron ambos personajes a coro. Andrés miró con incredulidad la preparación del "almuerzo". El hombre de la trenza abrió una de sus latas de atún y vació el contenido en la licuadora; agregó cuatro galletas, vertió la mitad de un envase de leche y accionó el aparato. Después sirvió en un vaso el espeso licuado y se lo ofreció a Andrés con una gran sonrisa.

–No, gracias.

–Pero, ¿por qué no? –preguntó decepcionado–. ¡Todas estas cosas te gustan!

–Sí, pero por separado.

–Oh, bueno, ya que no lo quiere, nos lo podemos tomar nosotros –dijo el gordo, quien había estado observando la preparación del brebaje con mucho antojo. Así lo hicieron, y cuando terminaron de beber se sentaron frente a Andrés con cara de satisfacción.

–¿Pueden darme mi yogurt? Está en mi mochila –Andrés, aunque no tanto como para tomarse el licuado, sí estaba muy hambriento. El de la trenza le dio el yogurt.

–¿Dónde están los hombres que me trajeron?

–Pues aquí frente a ti –el gordo hizo una reverencia.

–Eso no puede ser: aquellos eran grandotes y ustedes son... –Andrés se apenó y titubeó.

–¿Chaparros? –lo ayudaron hablando al unísono. Él asintió.

–Son nuestras gabardinas –el de la trenza habló risueño.

–Es que son especiales –explicó el gordo–. ¿Quieres ver?

–Bueno –Andrés trató de ocultar un poco su entusiasmo para que no creyeran que era un ingenuo.

Como niños chiquitos que van a enseñar un juguete nuevo, corrieron a descolgar sus gabardinas de un perchero que estaba al lado de la puerta, y se las pusieron.

–Mira –dijo el calvo–, te la pones...

–...y te abrochas todos los botones hasta llegar al primero, que es el importante –continuó el otro.

Al abrochar el primer botón, las gabardinas se inflaron como lanchas de playa, hacia arriba y hacia los lados, dejando al par de pequeños individuos con apariencia de guaruras de primera.

–¡Es fantástico! –exclamó Andrés, sin darse cuenta de que tenía la bocota abierta–. ¿Cómo le hicieron? ¿Puedo probarme una?

El calvo asintió, se desabrochó el primer botón y de inmediato recuperó el aspecto inocente que en realidad tenía. Andrés se enfundó en la gabardina. Se abrochó todos los botones menos el primero.

–¡Vamos, termina! –pidieron ambos.

La sensación fue extrañísima; empezó a crecer, crecer y crecer. Cuando aparentemente había dejado de inflarse, se miró. No era la gabardina la que se había inflado, ¡era su propio cuerpo! Andrés se echó a reír.

–¡Ja! ¡Soy grande y fuerte! –dijo con entusiasmo–. ¡Cómo me gustaría que Rodrigo me viera así...!

Antes de que pudiera seguir pensando en su plan, y sin haber desabrochado el botón, se desinfló de golpe.

–No, no, no, Andresín –dijo el de la trenza–. Así no sirve. Si tienes intenciones de vengarte o de hacer daño a alguien, la gabardina deja de funcionar.

–No entiendo –argumentó Andrés–. Ustedes, cuando

me secuestraron, las tenían puestas, y supongo que no se desinflaron.

—No digas secuestrar, es una palabra muy fea —dijo el calvo.

—Además, nosotros te tenemos aquí por una causa noble —siguió el otro.

—Bueno, pues estaría bien que me lo explicaran, porque todo esto me parece muy extraño y no me está gustando nada. —Andrés se mostró molesto mientras se quitaba la gabardina.

En ese momento se oyó una risa que no pertenecía a los hombres que estaban frente a él. Andrés miró hacia todos lados tratando de encontrar al que reía.

—Es el Jefe —dijeron los de la gabardina en un murmullo.

—A ver, jovencito —aquel vozarrón parecía venir del aire—. ¿Cómo que esto no le está gustando nada? ¿Está seguro de que eso es verdad?

—E-e-est-e —Andrés tartamudeó: lo que había dicho no era muy cierto—. Bue-bueno, me está gustando poquito.

—No trate de engañarnos —prosiguió la voz—. Nosotros lo conocemos bien. Ha estado en nuestros planes durante mucho tiempo, hasta ayer, que finalmente pudimos traerlo aquí.

—¡Ayer! —exclamó Andrés alarmado—. ¡Cielos, no me di cuenta de todo lo que dormí! ¡Mis papás han de estar preocupadísimos!

—Lo están, no lo dude. Pero la misión que vamos a asignarle es mucho más importante que la congoja de sus padres.

—¿Una misión? ¿De qué hablan?

—Usted fue escogido para cumplir una misión, la cual le explicaremos mañana con todo detalle —contestó el Jefe.

–Sigo sin entender... ¿por qué yo, si no soy valiente, ni demasiado listo, ¿no ven que reprobé dos materias en la escuela y no tuve el valor de enfrentarme a mi papá?

–Aquí, muchacho –la voz parecía afable esta vez–, usted va a empezar a conocerse. Eso que dice está muy lejos de ser verdad. Hay dentro de usted mucho más de lo que se imagina, y nosotros vamos a enseñárselo.

Andrés empezó a ponerse nervioso de nuevo, y al mismo tiempo le entró mucho sueño, tal y como la noche anterior. Trató inútilmente de mantenerse despierto; ese sopor era mucho más fuerte que él. Antes de quedarse dormido, preguntó:

–Pero, ¿quiénes son ustedes?, ¿qué hacen?

–Nosotros, muchacho –alcanzó a oír Andrés antes de perder las fuerzas por completo–, hacemos fantasía. ◆

Capítulo 3

◆ AL DESPERTAR de nuevo, Andrés se encontró sentado en una mesa larga, larga, colocada en el centro del enorme cuarto que ya conocía. A su derecha estaban los hombres de la gabardina, que esta vez se presentaron más formalmente con los nombres de Ubaldo y Viriato Cochupo. Ubaldo era el gordo y Viriato el de la trenza. Junto a ellos estaba una mujer con una extraña vestimenta. Más allá, un grandote de mandíbula saliente que tenía un aspecto muy poco amigable y al cual le presentaron como el Salchichón, aunque tenía más parecido con un perro bóxer que con un salchichón.

—Él es el encargado de traer la comida —le explicó en secreto Viriato Cochupo—. Él trajo la leche con la que hicimos el almuerzo.

Al oír esta palabra, a Andrés se le hizo agua la boca y quiso proponer un descanso para desayunar, pero en eso empezó a hablar la voz sin dueño.

—Silencio —comenzó a decir—. Vamos a comenzar.

—¿Qué vamos a hacer? —le preguntó Andrés a Ubaldo.

—Una junta.

—¡Ubaldo Cochupo, una palabra más con nuestro héroe y será usted expulsado de la junta! —bramó la voz, mientras Andrés trataba inútilmente de descubrir de dónde provenía.

—¿Nuestro héroe? ¿Quién es su héroe?

—Viriato Cochupo, faltan presentaciones, hágame favor de encargarse —ordenó la voz.

Viriato se dirigió a Andrés:

—Ella es Madame Salgar, nuestra eficiente adivina.

Madame Salgar vestía de color morado, con largas telas vaporosas y enredadas. Portaba un gorro, morado también, con un velo que no dejaba ver su rostro; sin embargo, al mirar sus manos, Andrés dedujo que Madame Salgar debía ser una mujer mayor. La adivina hizo una reverencia sin decir nada y él respondió de la misma forma.

–Y este que viene llegando –prosiguió Viriato–, es Rosalío Largo.

El recién llegado era un hombre flaquísimo y alto, muy alto;

tanto que para poder pasar por la puerta del salón tuvo que agacharse hasta quedar a la mitad de su tamaño. Además vestía un traje con chaleco, moño y sombrero, que le daban aspecto antiguo.

–Perdonen mi demora –dijo, solemne, Rosalío Largo.

Andrés nunca había visto nada semejante en su vida. Y más se sorprendió cuando el tipo se sentó: en lugar de sentarse como las personas normales, con el trasero, se enrolló en la silla como si fuera una cinta de medir, hasta que se acomodó en la mesa, sólo con los brazos de fuera. Pero eso no era todo; Rosalío podía alargar su cuerpo: en cuanto estuvo sentado, estiró el brazo hacia él –que estaba al otro extremo de la mesa– para darle la mano.

Andrés lo miraba con la boca abierta hasta que Viriato Cochupo le hizo favor de cerrársela y le pidió que pusiera atención, porque iban a continuar con las presentaciones.

–Ella es Lili, la más compacta de todo el equipo.

Andrés miró hacia todos lados, y luego oyó una vocecita melodiosa y casi imperceptible que venía de abajo.

–¡Aquí, aquí!

Andrés se sorprendió aún más que con Rosalío Largo. Frente a él estaba una mujercita poco más grande que la palma de su mano. No parecía un hada como las de los cuentos porque vestía pantalones de mezclilla, playera y tenis.

–¡Levántame! –gritó la mujercita. Andrés, con todo el cuidado que pudo, la tomó con la mano y la colocó en la mesa. De cerca parecía tener catorce o quince años.

–Me dicen Lili –dijo–, pero me llamo María José.

—¿Por qué Lili? —preguntó Andrés—. María José no es un nombre *tan* feo.

—No es que sea un nombre feo —respondió ella algo ofendida—. Pero por mi tamaño me apodaron Liliputiense, y Lili es más corto.

Andrés se presentó a su vez y colocó a Lili en la silla vacía, que lo seguía pareciendo con una ocupante tan diminuta. Todo aquello era tan raro que Andrés empezó a sospechar que formaba parte del mismo sueño donde había trabajado de pisapapeles. "Claro que esto es mucho más divertido que el principio del sueño", pensó satisfecho.

—No, joven amigo, se equivoca —la voz de nadie arrancó a Andrés de sus pensamientos una vez más–. Usted está realmente aquí, es el héroe de nuestra historia y esto no es ningún sueño.

–¿Cuál historia? Yo no soy ningún héroe, ustedes se equivocaron y secuestraron a otra persona.

–Ya te dije que no uses la palabra secuestrar... es muy fea –le susurró al oído Ubaldo.

–No, señor, no nos equivocamos. ¡Y ya deje de preguntarse dónde estoy y présteme atención...! – rugió la voz, cuyo dueño parecía adivinar uno a uno los pensamientos de Andrés.

–Bueno, entonces dígame dónde está –exigió Andrés, y luego se arrepintió de haber usado un tono tan imperativo.

–¿Qué, es usted miope? En cada esquina superior de este salón hay una bocina. Yo estoy en mi despacho, en la parte superior del salón y desde ahí le estoy hablando.

En efecto, cuatro bocinas negras y pequeñitas colgaban de las esquinas. La voz continuó, ya sin gritar:

–El mismo día que usted fue recolectado para ser traído aquí, unas horas antes fue atrapada la señorita Isabel Castellanos, compañera de escuela de usted.

–¡Isabel! ¿Tienen ustedes prisionera a Isabel? –exclamó Andrés consternado.

–No, mi estimado mozuelo, su amiga está en manos del ruin Maestro de las Malas Artes, que la tiene encerrada en una celda en el cuartel general de las Fuerzas Jocosas, obligada a inventar chistes, mientras más malos, mejor, hasta llegar al peor que pueda inventar –la voz hizo una pausa que inquietó a Andrés–. Cuando eso suceda probablemente la dejarán en libertad, pero no podemos permitir que la situación llegue a ese punto. Sería muy peligroso para el cerebro de su amiga, ya que después no podría pensar más que tonterías. Es lo que pasa con quienes han llegado a la meta de estupidez que los obliga a cumplir el Maestro de las Malas Artes. Y usted ha sido seleccionado para encargarse de la misión del rescate de la doncella.

–¿Y por qué yo?

–Porque usted, durante todo lo que va de sexto de primaria, ha estado perdidamente enamorado de la prisionera –contestó la voz–. Tenemos confianza en que, por ese motivo, hará todo lo posible por salvarla.

–Pero yo no soy valiente ni soy listo... ustedes deberían de saber eso: reprobé dos materias el último mes.

Al decir esto, oyó un murmullo general de risitas y comentarios.

–¡En serio, reprobé matemáticas y música!

El murmullo creció. Andrés se sintió contrariado, era evidente que se estaban burlando de él.

–¡Silencio, silencio! –pidió la voz desde las pequeñas bocinas–. Está bien, es hora de que confesemos: nosotros tenemos la culpa de que usted haya reprobado.

–¡¿Cómo es eso?! –Andrés, furioso, se dirigió a una de las bocinas.

–Tranquilícese y escuche, joven amigo: nosotros somos la ABO, siglas de la Asociación de las Buenas Ocurrencias. Mientras en las Fuerzas Jocosas se dedican no sólo a hacer chistes malos, sino también cuentos malos, películas malas y programas malos, nosotros somos los encargados, por un lado, de hacer todo lo contrario, y por otro, de evitar que el Maestro de las

Malas Artes, primer mandatario de dicha institución, cumpla sus cometidos. Sobre todo cuando para hacerlo priva de la libertad a una muchachita tan simpática como su amiga Isabel.

—Es mi ex novia —interrumpió Andrés.

—Bueno, su ex novia —consintió la voz—. El señor Rosalío Largo, aquí presente, fue enviado a los territorios de las Fuerzas Jocosas disfrazado de serpentina, misión que valientemente completó, trayéndonos de vuelta el plan de trabajo de la funesta institución, donde descubrimos el proyecto de capturar a la señorita Isabel Castellanos. La escogieron a ella porque, según el expediente, no es muy buena para contar chistes.

—El expediente tiene razón —interrumpió Andrés—. Pero ella no inventa los chistes, se los cuentan.

—Eso a los de las Fuerzas Jocosas no les importa, y deje de interrumpir —dijo el Jefe y continuó—. El caso es que por eso lo elegimos a usted para el rescate. Nosotros lo planeamos todo y el día que presentó los exámenes de música y matemáticas, nos metimos en su cerebro y confundimos su mente de forma que se hiciera terribles bolas, como pudo notar, y así conseguimos que reprobara ambas asignaturas. Después, cuando le entregaron sus calificaciones, ocasionamos su sopor vespertino e introdujimos en sus circunvoluciones cerebrales el sueño del pisapapeles que le provocó el deseo de huir de su casa para nosotros poder recolectarlo.

—¿No era más fácil pedírmelo de buena manera, como personas normales?

—Tal vez no fuimos muy correctos, de acuerdo; pero ¿quién le ha dicho que nosotros somos personas normales? Aquí se siguen procedimientos muy distintos a los que usted está acostumbrado. Necesitábamos que reprobara y que huyera de su casa, eso es todo. De cualquier modo, creemos pertinente ofrecerle una solemne disculpa.

–Si son capaces de hacer tantas cosas y de meterse así en la vida de otros, ¿por qué no rescatan ustedes a Isabel? –Andrés estaba enojado principalmente por lo de sus reprobadas.

–Porque nosotros no la queremos. O, ¿acaso alguno de los presentes está enamorado de la prisionera? –preguntó con evidente sarcasmo la voz. Todos negaron con la cabeza.

–¿Lo ve? Esa chica tiene que ser salvada por alguien que la quiera, y como nosotros no la conocemos, no la podemos querer y, por consiguiente, no la podemos rescatar. Ahora que si usted no tiene el valor de hacerlo, la señorita Isabel tendrá que permanecer encerrada en una celda del cuartel de las Fuerzas Jocosas inventando chistes malos hasta que se le seque el cerebro irreversiblemente.

Hubo una pausa de silencio general. No se oía el menor sonido, excepto los fuertes latidos del corazón de Andrés.

–¿Qué dice entonces, está dispuesto a ayudarnos? ¿Acepta la misión? –preguntó la voz.

Andrés había empezado a comprender, y estaba asustado. Sin siquiera imaginarlo, por haberse enamorado ahora estaba metido en un gran lío. Pero no podía dar marcha atrás y dejar a la pobre de Isabel inventando chistes en una celda.

–Sí, acepto –dijo por fin, y todos aplaudieron contentos. ◆

Capítulo 4

◆ ISABEL también se habría puesto muy contenta de oír la respuesta de Andrés, porque la estaba pasando realmente mal en las Fuerzas Jocosas. Se hallaba, en efecto, en una pequeña celda oscura, en donde lo único que había era un catre desvencijado y una mesa llena de papeles en blanco, un lápiz y una lamparita que apenas dejaba ver a Isabel las sandeces que se veía obligada a escribir todo el tiempo. De lo contrario, el castigo era que uno de los guardias entraba y le hacía cosquillas en los pies hasta que a la pobre Isabel le dolían las costillas y la panza. Pero, ¿cómo esperaban que ella pudiera inventar chistes, malos o buenos, si estaba tan triste, extrañando a sus papás, la escuela, el aire libre?

Nadie se había molestado en darle alguna explicación acerca de su cautiverio. Lo único que le dijeron fue que no la dejarían salir hasta que inventara el chiste más malo del mundo y que, al llevárselo al Maestro, no sólo no debía sonreír, sino que debía ponerse furioso y, de preferencia, hacer una trompetilla. Sonaba fácil, pero Isabel pensaba que incluso era más fácil inventar un chiste más o menos bueno que uno tan malo como lo solicitaba el Maestro que, para colmo, era un tipo bastante bobo, que se reía de cualquier cosa. Antes de conocerlo, Isabel se lo imaginaba muy distinto. Feo, gordo y peludo. Pero no: el Maestro era un señor mayor, delgado, alto y calvo; era narigón y casi no tenía labios; su piel era muy blanca y arrugada, y siempre estaba vestido de esmoquin. Su aspecto no inspiraba miedo pero, desde luego, tampoco risa.

Después de dormitar un rato y pensar otro, Isabel tuvo una idea. La escribió en un papelito y, muy contenta, golpeó en la puerta de la celda.

–¡Guardia, guardia! ¡Tengo otro chiste, lléveme ahora con el Maestro!

Un guardia barrigón y barbudo, con gorro de payaso, abrió la puerta de la celda.

–A ver, cuéntamelo.

–No –respondió ella terminante–. El Maestro ha dicho que él los tiene que oír primero.

–Ya lo sé, era un chiste –contestó él entre risitas. Isabel comprobó que de verdad ahí hacían chistes malos. El guardia la condujo por un pasillo a un elevador en el cual subieron al piso 7, donde se encontraba el despacho del Maestro. Isabel nunca había visto un despacho tan poco serio. El escritorio era de hule, la silla tenía resortes en vez de patas, de modo que el Maestro se la pasaba balanceándose y brincoteando durante el tiempo que duraban sus sesiones con Isabel, que por lo general eran muy cortas, ya que casi siempre acababa muerto de risa por los chistes que ella inventaba, y... ¡vaya que eran malos!

Del techo colgaban globos de diferentes formas, serpentinas y máscaras risueñas y en una de las esquinas había una mesa de billar, cuyo paño en lugar de ser verde, era rojo. De las paredes, pintadas de colores brillantes, colgaban carteles de películas producidas por los prisioneros de las Fuerzas Jocosas.

La primera vez que estuvo en ese lugar, a Isabel le llamaron la atención en especial dos: "Aventura en el metro del payaso sangrón" y "La lombriz del capulín". Mientras Isabel miraba los carteles con interés, el Maestro le explicaba:

–Fueron de nuestras peores películas. La del payaso era espantosa: se trataba de un payaso que perdía su zapato en el metro.

–¿Y luego? –preguntó Isabel.

–Y luego nada. Ése, por sí sólo, era un pésimo argumento. Gracias a él, cuatro prisioneros consiguieron su libertad –reveló el Maestro–. La otra se trataba de un niño tonto que se comía un capulín y encontraba...

–Una lombriz –Isabel trató de adivinar.

–¡No! –replicó el Maestro con un semblante muy serio–. ¡La mitad de una lombriz! ¡Oh, era malísima!

Isabel prefirió no preguntar "¿y luego?" ya que supuso que eso era todo, y también que esa película le había dado la libertad a otros tantos prisioneros.

Cuando el guardia e Isabel entraron al despacho, el Maestro estaba probándose una nariz de hule. Se miraba en un espejo deformante, como los que Isabel había visto muchas veces en las ferias, y se reía a rabiar.

–Maestro –murmuró el guardia– traigo a la prisionera Ciento Veintidós; dice que ha inventado otro chiste.

–¡Magnífico! –exclamó El Maestro–. A ver, oigámoslo.

Isabel sacó su papelito y lo desdobló con cuidado. Se aclaró la garganta y comenzó:

–Un día llega un niño con su mamá y le dice: "¡Mamá, mamá, le encajé un bat a mi hermanito!" La mamá se pone furiosa, le da de manazos al niño y luego corre a ver al hermanito. Cuando llega a verlo, el niñito está sano y salvo, tratando de sacar un bat de una caja.

El Maestro y el guardia cruzaron una mirada confundida y luego miraron a Isabel como esperando una explicación. Por un instante creyó que había logrado su libertad.

Sus esperanzas se esfumaron cuando de pronto ambos empezaron a reírse como locos, lloraron, se tiraron al piso, se abrazaron, todo mientras ella los miraba con profunda tristeza. Cuando terminaron de reírse, el Maestro, pálido, ojeroso y tosiendo, se acercó a Isabel, le puso la mano en el hombro y le dijo.

–Es bueno, no sirve; váyase a su celda, que yo tengo que recuperarme de su chiste.

Era como para que Isabel se sintiera orgullosa de haber inventado un chiste que hizo a dos personas reírse de esa manera, pero se sentía inútil y frustrada. Además, ¿cómo podría inventar un chiste más malo que ése? Cuando lograra hacer el peor le permitirían salir. Probablemente para entonces sería demasiado tarde: nunca podría volver a hacer, ya no digamos un chiste o un cuento, sino siquiera un comentario medianamente ingenioso o divertido. Isabel no quería que esto le sucediera, y decidió que tenía que escapar de ahí a como diera lugar. Se negaba a formar parte de ese mundo. ◆

Capítulo 5

◆ –LA PRIMERA parte de la misión, mi querido Andrés, es conseguir el boleto mágico que te conducirá a la guarida del Anciano Desertor. Ese hombre te dirá un chiste malo, pésimo, que será la clave del rescate de los prisioneros –explicó Rosalío, comisionado para asesorar a Andrés durante el inicio de su aventura.

Andrés pensó que el boleto mágico sería algo muy interesante, dorado, con grandes brillos, o por lo menos un holograma.

–¿Cómo es el boleto? –preguntó curioso.

–Así –Rosalío sacó de la bolsa de su chaleco un boleto de metro común y corriente. Andrés lo tomó con cierto desprecio.

–¡Es un boleto del metro! No entiendo cuál es el chiste, uno de éstos lo puedo comprar en cualquier estación.

–Uno como éste sí, pero el boleto mágico sólo lo puedes conseguir en la Estación Sombría, a cambio de dos monedas de mercurio que te va a dar de cambio el chofer del microbús fantasma.

A Andrés todo eso le parecía demasiado familiar para resultar interesante. Él esperaba encontrarse con quimeras, monstruos y dragones, como en los cuentos, no con boletos de metro y choferes de microbús. Rosalío adivinó los pensamientos de Andrés y le dijo:

—No te confíes, no creas que va a ser fácil. El chofer que te digo escupe.

—Bueno —respondió Andrés—, el profesor de deportes también escupe y no tiene nada de emocionante.

—Éste sí: su saliva es corrosiva. Si te cae una gota, por pequeña que sea, te hace un agujero en la piel y te arde como cuando te quemas con aceite hirviendo.

—Nunca me he quemado con aceite hirviendo. —Andrés parecía desganado; no estaba convencido de la dificultad de su misión.

—Qué suerte tienes, chico —le dijo Rosalío, quien le dio una lista con todas las instrucciones que debía seguir, y continuó con un tono muy grave—. No vayas a desviarte ni a hacer nada que no se te indique aquí. Cualquier error puede tener consecuencias fatales. Así que apégate a la lista y, por favor, cuídate mucho —Rosalío le entregó un teléfono celular.

—¿Y esto?

—¿Cómo que esto, majadero? —bramó el teléfono con voz de mujer.

—¡Ah, eres *teléfona*! —dijo burlón Andrés, al que ya no le sorprendían las cosas que pasaban en ese lugar. Aunque sí se sorprendió un poco cuando, de uno de los lados del teléfono salió un bracito, apachurró un botón y de inmediato se convirtió en Lili.

—Uy, eres tú, perdón —se disculpó Andrés, porque Lili no parecía estar muy de buenas.

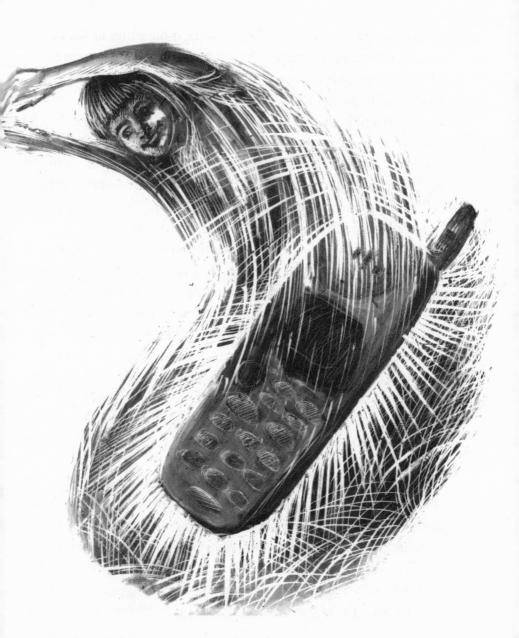

–Sí, soy yo, y me vas a llevar contigo para que te ayude.

–Está bien, qué bueno. Pero dime, ¿qué eres en realidad? ¿Un teléfono que se convierte en personita, o una personita que se convierte en teléfono?

–Es una persona –Rosalío tuvo que contestar, ya que Lili se había puesto de malas porque creía que Andrés se estaba mofando de ella–. Y no sólo se convierte en teléfono, se convierte en varios objetos más, tú le puedes pedir que se convierta en las cosas que te vayan haciendo falta.

–¿En un coche? –preguntó Andrés emocionado.

–Eres muy bruto –le dijo despectivamente Lili–. Puedo convertirme en un celular porque es chiquito pero, ¿de dónde crees que iba a sacar materia para convertirme en un coche?

–Bueno, no te enojes –pidió Andrés humildemente–. Yo no estoy acostumbrado a este mundo tan diferente, y no sé cuáles son las cosas que se pueden hacer y cuáles no.

Rosalío Largo le dio a Andrés su mochila. Además de su ropa, había metido algunos objetos que iría necesitando durante su recorrido, incluyendo una gabardina como las de los hermanos Cochupo y una libreta con los teléfonos de los miembros de la Asociación, por si algo se le ofrecía.

–Esta gabardina, como ya te lo mostraron los hermanos Cochupo, es muy especial, y puede serte útil, pero recuerda que debes usarla sólo cuando sea estrictamente necesario; no es un juguete. También metí en tu mochila paquetes de comida.

–Gracias por lo de la comida, pero aquí cocinan mal –Andrés sintió asco al recordar el licuado de atún.

–Ah –dijo Rosalío divertido–, te refieres al almuerzo que te prepararon los hermanos Cochupo. No te inquietes, todo lo que hay ahí lo preparó el Salchichón, que es un cocinero extraordinario.

Finalmente, Andrés estaba listo. Entró a un cubículo que parecía un elevador, cerró los ojos y contó hasta cinco. Cuando los abrió de nuevo, sorprendido, se dio cuenta de que estaba exactamente en el lugar donde vio por primera vez a los hermanos Cochupo. ¡A unas cuantas cuadras de su casa! Era de noche, pero no demasiado tarde; aún circulaban algunos autos. De nuevo pensó que todo había sido un sueño, una trampa de su imaginación; sacudió la cabeza tratando de ubicarse y echó a andar hacia su casa. Cuando llevaba apenas tres pasos, lo detuvo la vocecilla de Lili, que convertida en celular le gritaba desde el bolsillo:

—¡No, Andrés, éste no es el camino, retrocede!

Se detuvo, se palpó el bolsillo del pantalón y volvió a la realidad. O, mejor dicho, a la No Realidad en la que estaba envuelto para cumplir una misión. Por un momento se entristeció, porque sí tenía ganas de volver a su casa, pero también se sintió contento de que todo lo que le había pasado durante ese tiempo fuera cierto: era una especie de héroe, lo habían elegido a él para un trabajo importante, y esto lo llenaba de orgullo. Así pues, buscó en el bolsillo de su pantalón y desdobló la hoja de instrucciones. La primera lo llenó de gozo:

1. Siéntate a comer el contenido del paquete número uno de las provisiones cortesía de el Salchichón.

Se sentó y abrió el paquete. Grande fue su decepción al ver lo que había adentro: tostadas de pata.

—Guácatelas —Andrés hizo a un lado el paquete a medio abrir, sacó el número dos y de pronto sintió un movimiento extraño en el bolsillo de su pantalón. Escuchó la voz de Lili, que se había transformado en persona de nuevo y salía con trabajos de la bolsa.

—No, Andrés, deja ese paquete. Si las instrucciones dicen que debes comer el contenido del paquete uno, significa, precisamente, que te tienes que comer eso. Recuerda lo que dijo Rosalío: si desobedeces las instrucciones pueden pasar cosas horribles.

—Si obedezco esta instrucción —repuso Andrés—, también va

a suceder algo horrible, voy a vomitar encima de ti. ¡Odio la pata!

—Bueno, entonces guarda el paquete o dáselo a alguien que sí se lo quiera comer, y cuando llegues al siguiente ya veremos si se te antoja.

—No creo que aguante, mis tripas llevan ya un rato rugiendo.

Así es que optó por comerse lo que se le indicaba. Resignado, guardó de nuevo el paquete dos y probó una tostada. No supo si sería por el hambre o porque el Salchichón era, como le habían dicho, un estupendo cocinero, pero le pareció buenísima. Comió con gusto invitando a Lili, quien aceptó un pedacito de pata.

—Oye, ¿y cómo fue que llegaste a la Asociación? —preguntó Andrés mientras comían.

—Es una larga historia. ¿Quieres oírla?

—Tenemos tiempo —Andrés se dispuso a escuchar.

—Hace poco más de veinte años que estoy en la Asociación —comenzó a relatar Lili—. Gracias a ella estoy viva y mi cerebro funciona como debe ser.

—¡Veinte años! —exclamó sorprendido Andrés—. Pues te ves más chica.

—Aunque ahora tengo treinta y seis años, mi aspecto es de quince, los que tenía cuando llegué a las Fuerzas Jocosas. Pero déjame contarte todo desde el principio.

—Estaba en segundo año de secundaria. No era una mala estudiante, pero lo que más me interesaba en esta vida era la música. Me pasaba la mayor parte del tiempo tocando mi guitarra y cantando las canciones de los Beatles, de Cat Stevens... era lo que sonaba entonces. También componía mis propias canciones.

"Un día se organizó un festival artístico en la escuela; uno de los eventos era el concurso de grupos musicales y, junto con tres compañeras del salón, formamos un grupo para concursar. Descuidé las materias de la escuela porque dedicaba la mayor parte de mi tiempo a ensayar. Lo malo era que todo el esfuerzo lo estaba poniendo yo; las demás tomaron el concurso como un pasatiempo sin importancia. Pensé que mi esfuerzo compensaría su falta de interés y, a pesar de todo, para mí fueron tiempos muy felices. Quizá porque fueron los últimos que viví en el mundo real.

"Por fin llegó el día del concurso. Yo nunca imaginé que todo fuera a salir tan mal. Al subir al escenario estábamos tan nerviosas que se nos olvidó la letra de la canción –que por cierto era composición mía– y a mí se me trabaron los dedos en las cuerdas de la guitarra. A la segunda estrofa el público nos empezó a chiflar, aventaron basura al escenario y, antes de terminar nuestra actuación, tuvimos que bajar. A las demás por supuesto no les importó; para ellas la música era un asunto trivial, y no habían descuidado sus estudios como yo. Bajaron del escenario muertas de risa; yo salí de la escuela llorando. Caminé durante un rato para tranquilizarme. El coraje se me pasó, pero no la vergüenza. No quería regresar a mi casa, y mucho menos a la escuela; pensaba que sería la burla de todos."

Lili interrumpió su relato. Andrés se dio cuenta de que esos recuerdos la lastimaban y trató de decir algo, pero ella siguió hablando:

–No volví a mi casa. Con mi guitarra como única compañía recorrí las calles pidiendo dinero para comer. Pero si alguna vez fui buena, la experiencia del concurso me dejó muy desencantada. Me volví pésima, lo sé, y eso era lo que más me dolía.

"No pasó mucho tiempo antes de que los rastreadores de las Fuerzas Jocosas dieran conmigo y me capturaran. Fue muy extraño darme cuenta de que ya no pertenecía a mi mundo, que estaba atrapada en un nivel diferente de realidad, del que no iba a ser nada fácil salir.

"Me encerraron en una celda con mi guitarra, y me dijeron que tenía que componer canciones tontas y sin ritmo. Parecía fácil después de mi fracaso en el concurso, pero algo sucedió y me empezaron a salir magníficas melodías. Me sentí feliz y compuse sin parar. Por supuesto que nada de lo que yo hacía le gustaba al Maestro, incluso lo enfermaba, pero no me sentí capaz de complacerlo. No podía darle la espalda al talento que estaba empezando a reconocer dentro de mí, aunque en eso se fuera mi libertad; así es que seguí componiendo mi música sin importarme nada más. Nada de lo que hice le gustó al Maestro, de modo que siempre supe que estaba haciendo las cosas bien, y eso era suficiente como para mantenerme en pie en ese infierno disfrazado de chiste.

"Por fortuna no estuve encerrada mucho tiempo: yo participé en la famosa redada del 76, cuando miembros de la Asociación irrumpieron en las Fuerzas Jocosas para rescatar prisioneros. Estaba en mi celda cuando se abrió la puerta de golpe y entró un hombre joven, vestido de blanco. Era el Mago Damián. Me dijo que no tuviera miedo y corrimos por los pasillos tratando de encontrar a los demás. Pero yo había dejado mi guitarra y le rogué al Mago que regresáramos por ella. No podía abandonarla en ese lugar.

"Volvimos, pues, perdiendo valioso tiempo. Recogí mi guitarra, pero cargarla entorpecía nuestra carrera. Después de un largo recorrido lleno de sobresaltos, por fin encontramos el sitio donde estaba el camión que debíamos abordar. Apuramos el paso; seis guardias de las Fuerzas Jocosas corrían tras nosotros y estaban muy cerca de alcanzarnos. Al llegar nos dimos cuenta de que entre el Ejército Salvador y los prisioneros rescatados habían ocupado todo el espacio del vehículo. El Mago Damián sacó de su bolsa una libreta y dijo algo que de momento no entendí. Cuando mi guitarra y yo empezamos a encogernos hasta quedar como me ves ahora, supe que el Mago me había hechizado para salvarme la vida. Me arrojó dentro del camión y en ese momento tres de los guardias de las Fuerzas Jocosas se le aventaron encima y lo inmovilizaron. Los otros tres intentaron subirse al camión y el chofer, que era Ubaldo Cochupo, decidió partir sin el Mago. Yo, aturdida por el golpe, por un momento no pude levantarme, pero cuando logré por fin escalar asientos, brazos y hombros para llegar a la ventana, estábamos ya muy lejos del cuartel.

"Al llegar a la Asociación, mandaron al mundo a los demás prisioneros, pero el Jefe dio órdenes de que a mí no me regresaran a la realidad porque antes tenían que encontrar la forma de volverme a mi tamaño normal. Pero el Mago Damián se quedó en las Fuerzas Jocosas con su magia y su libreta de hechizos. Todos los miembros de la Asociación me acogieron con simpatía y el Jefe me otorgó la facultad de convertirme en diferentes cosas para poder colaborar de una forma más práctica con ellos. No me puedo quejar, todos se han portado muy bien conmigo, pero yo extraño mucho el mundo real. Y tengo la esperanza de que algún día el Mago Damián sea rescatado y pueda romper el hechizo para que yo vuelva a ser la que era antes. Desde entonces ha habido dos o tres redadas, pero aunque han buscado al Mago, no han podido encontrarlo. Supongo que lo deben tener muy bien escondido, o..."

Lili volvió a interrumpir su relato, esta vez porque un par de hondos sollozos no le permitieron continuar. Andrés se sintió conmovido, se imaginó a sí mismo en esa situación. Veinte años lejos de sus padres, de sus amigos, de su mundo. Era demasiado. Sintió miedo de que le sucediera lo mismo.

–No te preocupes; te prometo que, cuando lleguemos a las Fuerzas Jocosas, voy a buscar en todos los rincones hasta encontrar al Mago Damián para que rompa el hechizo y puedas volver a tu casa. Confía en mí

Dijo esto para animar a Lili, pero no estaba demasiado seguro de poder hacerlo. Empezó a sentir una presión enorme. No sólo el destino de Isabel estaba en sus manos, sino también el del Mago, el de Lili y el de quién sabe cuántos otros inocentes que permanecían capturados en las Fuerzas Jocosas.

"¡Tengo que poder, tengo que hacerlo!", pensó para sí mismo al tiempo que desdoblaba de nuevo el papel para ver la siguiente instrucción. ◆

Capítulo 6

2. Párate en la esquina de Mazatlán y Juan Escutia exacta-
mente a las doce treinta. A las doce treinta y seis se deten-
drá frente a ti el microbús con el número 60601. Abórdalo.
Dale al chofer el paquete pequeñito. Baja en la última pa-
rada, sin olvidar las dos monedas de mercurio que te entre-
gará el chofer antes de dejarlos salir.

◆ ÉSA ERA una esquina que Andrés conocía. No estaba muy
cerca de su casa, pero había pasado por ahí muchas veces. Era
lo que no alcanzaba a comprender. Estaba en la mismísima ciudad de México, con sus calles y sus personas, pero en un nivel
diferente de realidad. Ese instructivo, esa diminuta compañera
de aventura, esa comida, ¿en qué nivel estaban? La gente que
pasaba cerca los podía ver, los reconocía como pertenecientes
a este mundo e incluso uno de ellos había tropezado con Andrés al pasar de prisa junto a él.

Empezaba a chispear cuando llegaron a la esquina indicada.

Andrés le hizo varias preguntas a Lili, pero ella sólo le dijo:

—Yo traté mil veces de entender todo esto, y hace mucho tiempo que renuncié. Simplemente déjate llevar, haz lo que se te indica y no quieras meterte en líos metafísicos, porque entonces sí vas a estar en problemas.

—¿Qué quiere decir metafísicos? —Andrés creía haber oído la palabra, pero no sabía qué significaba.

—Más allá de lo físico, es decir de lo que puedes ver, tocar, oler... más allá de lo que tus sentidos te dicen...

Hubiera querido extenderse un poco más en su explicación, pero en ese momento dieron las doce treinta y seis y el pesero fantasma hizo su aparición entre una nube de espeso esmog. Andrés había visto peseros con decorados algo extraños, pero ése era algo verdaderamente insólito. Era de color morado oscuro, con flamas anaranjadas y amarillas pintadas a los lados. En el cofre, una figura brillante representaba la cabeza de un toro de cuernos largos y retorcidos. Las ventanas ahumadas no permitían ver hacia adentro. Andrés y Lili pudieron escuchar una música extraña, percusiones y guitarra eléctrica, algo así como un rock pesado. La puerta se abrió lentamente y la música cesó. Andrés estaba muerto de miedo. Por un momento se quedó parado sin saber qué hacer, hasta que vio asomarse la cabeza de un hombre joven, de cabello largo y gorra volteada. Al ver a Andrés, rió ruidosamente, dejando ver una dentadura plateada. Andrés sintió una punzada en la mejilla derecha y recordó las palabras de Rosalío Largo: "Su saliva es altamente corrosiva". Se hizo a un lado con un hábil brinco, para evitar que lo alcanzara la saliva que seguía salpicando de la boca del joven.

—Sube y dale esto —oyó la voz de Lili quien, desde dentro de la mochila, le extendía a Andrés el pequeño paquete del que hablaba la instrucción. Andrés subió y, a manera de pago, le dio al hombre el paquete. El pesero fantasma estaba vacío y por dentro era casi tan raro como por fuera. Una alfombra negra cubría el piso y la luz era azul. Los asientos estaban tapizados de terciopelo rojo y las ventanas resultaban desde dentro igual de opacas que desde fuera. Sería imposible ver hacia dónde los llevaría el vehículo. Andrés se acomodó lo más lejos que pudo del singular personaje. El chofer abrió el paquete, comió de un bocado todo el contenido y se puso a mascar ruidosamente. Andrés se estremeció.

—Tranquilo —Lili habló desde la mochila—. Ese chicle es para que se le seque la boca por completo y no corramos ningún riesgo.

En ese momento el pesero arrancó con un gran escándalo y la

música volvió a sonar. El chofer manipuló la palanca de velocidades y el vehículo se impulsó con tal fuerza que Andrés acabó completamente pegado al respaldo del asiento. Nunca había volado, pero sintió como si hubieran despegado del suelo y estuvieran planeando por los aires. El movimiento del camión era muy confuso; empezó a dar vueltas sobre su propio eje y después se puso de cabeza, sin dejar de girar. Andrés sintió que las tostadas de pata subían irremediablemente por su esófago y, sin poder evitarlo, vació su merienda por todos los rincones del vehículo, que en ese momento se detuvo en seco. El chofer se levantó, escupió el chicle y se dirigió hacia donde estaba Andrés, que se había puesto verde y sentía que todo le daba vueltas en la cabeza.

−¡Tres choferes! −gritó espantado.

−¡Es uno, Andrés, pero está furioso! −gritaba Lili desde su escondite−. ¡Agárrame, estás en peligro!

Andrés se despabiló, metió la mano a su mochila y Lili, convertida en pistola, se acomodó en su mano. Andrés sacó el brazo de la mochila y se asustó. Nunca había usado un arma, ni pensaba hacerlo. Pero el chofer, enseñando su boca húmeda y sus dientes plateados, se acercaba peligrosamente hacia él.

−¡Andrés, apúntale! −gritaba la pistola.

−No, no puedo, no sé cómo, no quiero −decía Andrés a punto de desmayarse.

El chofer carraspeó. Andrés sintió el dolor en su mejilla; la mano le temblaba y Lili, desde su cuerpo de pistola, le gritaba que apretara al gatillo. La mejilla volvió a punzarle. Apuntó hacia el hombre y disparó con los ojos cerrados. Al abrirlos de nuevo estaban húmedos. No podía creer que hubiera sido capaz de matar a alguien. El chofer estaba tirado en el pasillo del camión, boca abajo.

—¡Yo no quería matar a nadie, yo no quería!

—Pues te va dar mucho gusto saber que no lo has hecho. Este barbaján sólo está dormido —explicó Lili—. Cuando me convierto en pistola no disparo balas, sino gas somnífero.

Lili se zafó de las manos de Andrés, miró de frente sus ojos rojos y sus mejillas empapadas y le dijo seriamente:

—Nosotros somos los buenos, no lo olvides.

Andrés se levantó de su asiento con Lili sentada en su hombro. Aún se sentía muy enfermo. Brincó con cuidado el dormido cuerpo de su agresor y se horrorizó al ver, en el piso del vehículo, a la altura de la boca del chofer, un agujero de cuyos bordes emanaba un vapor espeso y maloliente.

—De no haber disparado —le dijo Lili— ese hoyo estaría ahora en tu cara.

Andrés suspiró. Caminó hacia las puertas e hizo intentos desesperados por abrirlas, pero no tuvo éxito; parecían estar selladas. Mientras tanto Lili brincaba en los controles del tablero, con la esperanza de que alguno de tantos botones abriera las puertas. Tampoco logró nada.

—Si este tipo se despierta y nos ve aquí, nos va a escupir hasta acabar con nosotros —dijo preocupada.

—Bueno —suspiró Andrés mirando el cochinero que había hecho—, tuvo razón de enojarse; mira cómo le dejé su camión.

—No es tu culpa que maneje tan mal. De todos modos no podemos arriesgarnos, así es que pensemos cómo vamos a salir de aquí.

Andrés volvió a mirar detenidamente el camión. No parecía haber salida. Pero de pronto oyó un siseo, que provenía del sitio donde estaba el agujero que había hecho el chofer; se acercó al lugar de donde venía el ruido.

—¡Mira, está babeando muchísimo! Si el efecto de tu gas dura como para que lo haga un poco más, cabremos por ese agujero.

Pronto el agujero fue lo suficientemente grande como para dejar salir a Andrés con todo y mochila. Evitando lastimar sus manos con las ardientes orillas del orificio, bajó una pierna y luego otra, pero no tocó suelo. Quiso subir de nuevo, pero el chofer estaba despertando. Andrés percibió un fétido aliento proveniente de su bostezo, vio que los ojos del hombre comenzaban a abrirse y en ese momento recordó las monedas de mercurio que debía llevarse. Rápidamente, volvió a subir al vehículo y se dirigió hacia el volante. Abrió los compartimentos situados en el tablero, pero allí no había nada parecido a dos monedas de mercurio.

—¡Lili, ayúdame, necesitamos las dos monedas!

Ella le contestó con una vocecita apenas audible que buscara en el cenicero. Y, en efecto, ahí estaban. Cuando quiso tomarlas, el metal líquido del que estaban hechas se le escurrió entre los dedos. Pero Lili ya había previsto eso y tenía preparado el recipiente para guardarlas, un tubo de ensaye con tapa de corcho. Sacó el envase por una rendija del cierre y Andrés guardó las monedas allí. Apenas lo había vuelto a poner en su mochila cuando vio que el chofer, que seguía tirado en el piso, ya había despertado por completo.

Andrés se echó a temblar, se cubrió la cara con las manos y

sin pensarlo mucho corrió hacia el individuo, lo brincó y se dejó caer por el agujero.

La caída debió haber durado bastante menos de lo que le pareció a Andrés, que nada más estaba esperando el golpe. Eso ya lo había soñado mil veces: caía, caía, y a la hora de tocar suelo, despertaba sobresaltado. Quiso creer que esta vez pasaría lo mismo, que despertaría entre sus sábanas, pero no fue así. Cayó, por suerte, en líquido. No era agua, era un fluido más espeso y tenía un olor especial. Andrés no tenía idea de qué podía ser, pero tampoco era momento de detenerse a averiguar, así es que empezó a nadar con un solo brazo; con el otro sostenía la mochila en alto. No había corriente, de modo que Andrés pudo maniobrar sin problemas, ayudado por la densidad del líquido, que le permitía mantenerse a flote más fácilmente. Andrés estaba asustado y además empezaba a perder las fuerzas, ya que,

aunque había comido, dejó su cena embarrada dentro del pesero. A punto de desmayarse notó que sus pies empezaban a rozar en firme. Redobló sus esfuerzos y fue sintiendo que el líquido bajaba y el piso subía hasta que al agacharse palpó la superficie y la sintió casi seca. Entonces se sentó y abrió su mochila.

—Lili —murmuró— ¿Estás bien?

Pero Lili se había dormido arrullada por el movimiento de su nado. Respiraba apaciblemente, y Andrés prefirió no despertarla. La recostó sobre la mochila, se tumbó en el suelo y de inmediato se quedó dormido.

No supo cuánto tiempo había pasado cuando lo despertó la tos de Lili. Abrió lentamente los ojos. El sitio donde se encontraban ya no estaba tan oscuro, pero tampoco parecía ser de día.

—¿Dónde estamos? —le preguntó a Lili, quien tardó un poco en responder porque seguía tosiendo.

—No sé —dijo finalmente—. Pero no en la Estación Sombría, donde deberíamos estar.

Andrés se incorporó. Se encontraban en un paraje desierto, pantanoso, a un par de metros de la orilla del estanque que había amortiguado su caída del pesero fantasma. La ropa de Andrés aún estaba húmeda, a pesar de que hacía un calor sofocante. El cielo presentaba un color anaranjado con manchas violetas. El escaso pasto era verde oscuro y no parecía haber señales de vida alrededor.

—¿Y ahora qué hacemos? —preguntó Andrés, que empezaba a preocuparse.

—Pues fácil. Ahora mismo me convierto en teléfono y hablas a la Asociación para que alguien nos eche una mano.

Lili sacudió la cabeza y de inmediato quedó convertida en teléfono. Andrés buscó la hoja de direcciones que Rosalío le había dado y se encontró con que algo de líquido se había colado en la mochila y la tinta estaba toda corrida sobre el papel. No podía creer que tuviera tan mala suerte.

–Bueno –dijo Lili–, en mi memoria está el número de Madame Salgar, porque siempre le hablo para que me saque de apuros. Lo único que tienes que hacer es apretar el botón de "remarcar".

Así lo hizo Andrés. Madame Salgar tardó un poco en responder:

–¿Aló?

–Aló –respondió Andrés–. ¿Madame Salgar? Soy Andrés, su héroe. ¿Se acuerda de mí?

–¿Andgués? ¿Hégoe? ¿Quién habla a estas hogas de la noche? –preguntó Madame Salgar con un acento raro.

–¡Por favor acuérdese, Madame! –Andrés cruzó los dedos–. ¡Apenas nos conocimos! ¡Soy Andrés, el que va a salvar a Isabel, que está prisionera en las Fuerzas Jocosas!

–¡Ooooh, clago! *Oui, chéri,* ¿qué se te ofguece? –Andrés se tranquilizó.

–¡Lili y yo estamos en problemas, Madame, tiene que ayudarnos!

–*Oui, oui,* espégame momentito, voy pog mi bola mágica.

Los cuarenta segundos que tardó le parecieron eternos a Andrés.

–A veg, silencio –dijo Madame al regresar al teléfono y después se quedó callada.

–¿Sigue ahí, Madame?

–¡Oh, *mon dieu*, dije silencio! –contestó Madame y, tras una pausa, exclamó–: *¡Cielos, garçon!* ¡Puedo vegte! ¡Estás en peliggo! ¡Sal de ahí mientgas puedas, estás en el Pantano de los Desteggados! ¡No te detengas, cuelga y escapa de ahí, apguesúgate!

–Pero, ¿hacia dónde? –preguntó Andrés.

–Cogue hacia la Estguella Dogada. Debajo de ella está la Estación Sombguía, llega ahí y cambia las dos monedas de megcuguio pog el boleto mágico en la taquilla númego siete y en ninguna otga. ¡Date pguisa! –indicó Madame Salgar y colgó. Lili volvió a transformarse en sí misma.

–Creo que ya la amolamos –le dijo Andrés–. Estamos en el Pantano de los no sé qué.

–De los Desterrados –por primera vez Lili parecía estar asustada–. Fallamos una instrucción y estamos en donde no debemos estar. Así es que andando, vamos a obedecer a Madame Salgar.

De un brinco se metió en la mochila y Andrés la cargó para después echarse a correr sin dirección, ya que no pudo ver en el cielo una estrella dorada.

–Lili, asómate y mira al cielo –le dijo Andrés sin dejar de correr–; si encuentras una estrella dorada me avisas.

Momentos después Lili encontró la estrella, que había estado escondida bajo una de las nubes violetas que pintaban el cielo. No tuvieron que cambiar de rumbo, porque la carrera de Andrés se dirigía precisamente a ese lugar.

–Vamos bien –indicó Lili.

Más tranquilo, Andrés siguió corriendo. Y por segunda vez

desde el comienzo de su aventura, pensó en sus papás y en Tomy. ¿Qué estarían haciendo? ¿Estarían preocupados? ¿Y si no lograba cumplir la misión y no volvía a verlos?

De haber sabido Andrés la situación en la que estaban sus papás, se hubiera puesto muy triste. Mientras él corría sin parar hacia la Estrella Dorada, en el mundo real era una noche más de suplicio para sus padres, desconsolados por su ausencia. Caminaban sin parar por las calles, pegando en todas las esquinas y postes cientos de carteles con la foto de Andrés y un letrero que preguntaba: "¿Ha visto a nuestro hijo?"

Su mamá rompía en llanto cada vez que pegaba un cartel. El padre hacía lo posible por consolarla, lo cual no era fácil porque él estaba igual de triste que ella. Ambos sabían que la única forma de recobrar la calma era volver a ver a Andrés sano y salvo. Habían hablado con la directora de la escuela y estaban enterados de las calificaciones de Andrés. Supusieron que había huido, pero cada hora, cada minuto que pasaba les angustiaba más la idea de que su hijo estuviera solo enfrentándose a los peligros de la ciudad.

Regresaron a casa de noche, lánguidos y tristes. Un rato después sonó el teléfono. Ambos se sobresaltaron y corrieron a contestar. El papá tomó la bocina.

–Buenas noches –dijo una voz de mujer a través de la línea–. Soy la maestra Ruiz, directora del colegio de Andrés. –El señor sintió un vuelco en el corazón y no pudo decir nada. La directora continuó entonces–. Señor Fuentes, tenemos noticias.

–¡Hable por favor! –casi gritó él.

–No sabemos nada de Andrés, pero una compañera suya,

Isabel Castellanos, tampoco llegó a su casa. Acabo de colgar con la madre de la niña y llegamos a la conclusión de que es probable que hayan escapado juntos. La niña Castellanos también reprobó, y su caso es igual de extraño que el de Andrés.

Sugirió organizar una búsqueda conjunta. Él estuvo de acuerdo y al colgar con la maestra Ruiz telefoneó a los papás de Isabel, quienes acudieron de inmediato. Los señores Castellanos no estaban menos angustiados que los papás de Andrés, pero todos hicieron lo posible por conservar la calma. Necesitaban estar lo más serenos que pudieran, de modo que se sentaron, tomaron café y entre uno que otro sollozo, organizaron la búsqueda. Esa misma noche recorrieron hospitales, albergues, iglesias y parques de los alrededores. A la mañana siguiente acudieron a las casas de los amigos y compañeros de sus hijos, pero nadie podía contestar a sus preguntas. Cuando ya no tuvieron más lugares que visitar, se dedicaron a vagar por las calles gritando los nombres de sus hijos a la soledad urbana que no respondía nada.

Les esperaba a todos una temporada muy difícil, porque la aventura de Andrés apenas había comenzado. ◆

Capítulo 7

◆ ANDRÉS había corrido ya un buen tramo sin despegar la mirada de la Estrella Dorada. Pero sin importar lo mucho o lo rápido que corriera, la estrella siempre parecía estar igual de lejos. No había cambiado el color anaranjado-violeta del cielo; presentaba la misma escasa claridad que cuando empezaron su recorrido. Pensó varias veces en detenerse, pero la respuesta de Madame Salgar había sido alarmante. ¿Qué era lo que les podía pasar si se detenían? Andrés se preguntaba eso mientras disminuía la velocidad de su marcha. Sin darse cuenta, de correr empezó a trotar, luego a caminar rápido, y poco a poco se alentó y se alentó hasta que parecía que andaba paseando como si estuviera en Chapultepec cualquier domingo, mientras en su mente se dibujaban monstruos, arenas movedizas y otras cosas nada agradables. De pronto algo le hizo tropezar y caer de bruces en el suelo húmedo. Andrés dijo una palabra altisonante que sólo usaba en ocasiones como ésta. Pensó que el objeto responsable de su tropezón había sido una piedra o un pedazo de tronco. Se incorporó sacudiéndose la camisa, que ya para entonces estaba tan sucia que no parecía blanca sino gris. Lili no se dio cuenta de la caída porque estaba en la mochila, instalada en un sueño profundo.

Cuando Andrés se disponía a reanudar su marcha sintió que le picaban el hombro derecho. Sin tiempo para asustarse, por instinto, se volvió para ver quién lo había hecho, pero no vio a nadie. Suspiró y caminó unos pasos más; pensó que había sido una treta de sus nervios. Pero un instante después volvió a sentirlo, esta vez en el hombro izquierdo. Se volvió de nuevo, pero tampoco pudo ver a nadie. Empezó a sospechar que alguien, no sus nervios, estaba tratando de tomarle el pelo. Se detuvo y esperó. Apenas sintió por tercera ocasión la llamada del dedo, con un brinco veloz dio media vuelta y quedó frente a un hombre joven que ofrecía una sonrisa sospechosa. Andrés rogó para sus adentros que ése no fuera el peligro del que le había advertido Madame Salgar, aunque más bien parecía un tipo muy común y corriente, con más aspecto de joven pintor que de monstruo de pantano. Traía puesta una especie de camisola sucia y raída, abotonada por el frente desde el cuello hasta la mitad del muslo. Bajo la camisa asomaban unos pantalones negros bastante anchos, de donde salían los delgados tobillos del hombre; iba descalzo. Tenía el cabello largo y peinado hacia atrás en una cola de caballo. Parecía que no se había rasurado en varios días. Andrés lo revisó de arriba abajo, mientras él seguía sonriendo.

–¿Quién eres? –La voz el hombre parecía la de cualquier ser terrestre.

–Me llamo Andrés Fuentes –contestó y volvió a callarse, porque estaba asustado y porque no se lo ocurrió otra cosa que decir.

–¿Tienes permiso para circular a estas horas en dirección a la Estrella Dorada? –preguntó de nuevo el hombre con voz grave, pero con una entonación ciertamente amable.

–Pues... –titubeó Andrés–, sólo el que me dio Madame Salgar por teléfono.

–Ah, qué bien –repuso el hombre echándose a reír–, yo soy el sargento Ramón Cienfuegos, y tú estás arrestado por caminar en dirección a la Estrella Dorada sin permiso expreso.

–¿Permiso expreso?

–Sí, permiso expreso que otorga la Central –respondió tranquilamente el sargento Cienfuegos mientras esposaba a Andrés por la espalda–. Tendré que llevarte al edificio de detenciones.

–¡No me puede arrestar sin leerme mis derechos! –Andrés empezó a enojarse, pero en el fondo estaba contento de tener oportunidad de decir esa frase que se usaba tanto en las películas. El hombre volvió a reír como si le hubiera hecho mucha gracia y simplemente le dijo:

–No tienes idea de lo que estás hablando.

Andrés nunca había estado en la cárcel. Claro que ésta era diferente a las de las películas, que eran las únicas que él había visto. Se dio cuenta de que todos los conocimientos que tenía de ese tipo de cosas venían del cine.

Éste era un cuarto común y corriente. No tenía rejas, sino una puerta de metal, y no había allí un catre sucio sin sábanas, sino una cama bien tendida, aunque no demasiado limpia. Las paredes cuarteadas y las cortinas rotas le daban al aposento un ambiente casi tétrico. El sargento Cienfuegos había liberado a Andrés de las esposas y la única orden que le dio fue que se lavara de inmediato, porque olía muy mal. Andrés se avergonzó y se dispuso a obedecer en cuanto el sargento saliera del cuarto.

–¿Y dónde me baño? –preguntó, pues ahí no había regadera.

–¿Cómo que dónde? Pues aquí mismo. Toma –le contestó el sargento al tiempo que le extendía un paquetito delgado, y después salió del cuarto.

Andrés leyó en uno de los lados del paquete: "Esponja abrasiva" y abajo, en letras más pequeñas: "No se ingiera. Pásese por la piel en repetidas ocasiones hasta eliminar la suciedad". Se quitó la camisa y abrió el paquete, del cual salió una esponja negra que se infló y dejó escurrir un líquido que olía como el que su mamá usaba para limpiar ollas cochambrosas. Andrés dudó un momento, pero miró sus brazos negros de mugre y decidió hacerlo. No fue tan malo. Le ardió un poco al principio, pero la esponja limpiaba de maravilla. Al terminar se vistió con sus pants y se puso sus zapatos. Trató de ver cómo iba su quemada de la mejilla, pero en el cuarto no había espejo. Ya casi no dolía, sólo de vez en cuando sentía una punzada. Una vez listo, Andrés se sentó en la cama, hizo a un lado la cortina y se quedó viendo hacia afuera.

Fue como volver momentáneamente al mundo real. De no haber sido por la claridad penumbrosa que cubría la atmósfera de ese extraño lugar, se hubiera parecido mucho a la Tierra, aunque no al mejor lugar de la Tierra. A través de la ventana se podía apreciar un paisaje que de algún modo le resultaba familiar, pero tratando de hacer memoria, supo que nunca había visto algo así. Era una planicie deforestada, cuyas breves extensiones de pasto parecían áridas y sedientas a pesar de que en ellas había charcos de variados tamaños, que reflejaban la bóveda celeste de un modo inusual. No era un bello paisaje; más bien inspiraba desolación y tristeza.

Un rato después el sargento Ramón Cienfuegos se hallaba de nuevo en la habitación explicándoles a Andrés y a Lili, que recién despertaba, dónde se encontraban, aunque él mismo no acertaba a explicarse cómo habían llegado hasta ahí.

–Ésta es la Antigua Ciudad de México, hoy conocida como El Pantano de los Desterrados –dijo el sargento, y ambos dudaron de esa afirmación.

–¿La Antigua Ciudad de México? ¡Cómo no! –dijo altanero Andrés, según él interpretando muy bien su papel de prisionero inocente–. Yo vengo de la ciudad de México, ahí nací y la conozco perfectamente bien y esto, sargento, no se le parece en nada.

Andrés, respondiendo al interrogatorio, le contó cómo habían llegado a ese sitio. El sargento comprendió entonces por

qué no se estaban entendiendo. Andrés y Lili, tal como lo sostenían, eran originarios de la ciudad de México. Pero de una ciudad que ya no existía, del paraíso del que a veces hablaban los habitantes más viejos de ese lugar. De ese lugar que era, precisamente la ciudad de México, nada más que ciento cuatro años después de que Andrés la había dejado. Es decir que, de algún modo que no comprendían, habían viajado a la mismísima ciudad de México, pero llegaron a ella en el año 2100. ¿Por qué Madame Salgar no le había aclarado eso cuando hablaron? ¿Cómo era posible comunicarse del futuro al pasado por un teléfono, aunque fuera un teléfono tan peculiar como Lili? Muchas preguntas llegaron en tropel a la mente de Andrés, pero Lili le dijo una vez más que si se dedicaba a preocuparse por cuestiones metafísicas, se haría unas bolas espantosas y no acabaría jamás.

–Qué horror –dijo Andrés sin dejar de mirar por la ventana–. Yo pensé que en el futuro todo iba a ser automático, que en vez de coches todas las familias tendrían un avión para transportarse, que las ciudades serían más sofisticadas, como en las películas.

Cuando acabó de decir esto un nudo en la garganta le impidió seguir hablando de sus presagios.

–No estabas tan lejos de la verdad –el sargento miró a Andrés con tristeza–. Pero eso de lo que hablas, hoy es historia. Hubo un tiempo en que los rayos del sol apenas tenían sitio para llegar a la corteza terrestre, ya que el cielo estaba ocupado por vías aéreas y por los aviones que dices, pero no sustituyeron a los coches: éstos siguieron existiendo, porque cada vez hubo más personas que necesitaban transportarse. Y claro, con tantos coches en la tierra y aviones en el cielo, la atmósfera se fue viciando cada vez más, hasta que ahora, en lugar de cielo azul y aire limpio, tenemos este cielo oscuro e irregular y este aire espeso. Llegó a haber tantos embotellamientos aéreos, que en la Tierra parecía ser de noche, de manera que todos debían encender las luces de sus hogares y oficinas; el gasto de energía eléctrica fue descomunal, las plantas de energía no lograron darse abasto, hasta que terminaron por explotar.

"Llegó un momento en que los gobernantes del mundo se dieron cuenta de que nada iba bien: los animales se fueron acabando, lo mismo que los árboles. Ante la consecuente escasez de alimentos, se trató de regresar a lo de antes. Se demolieron casas, fábricas y edificios para volver a sembrar y construir granjas. Las personas que quedaron sin hogar fueron enviadas a enormes albergues donde vivían hacinadas, apenas contando con lo elemental para sobrevivir. Pero nunca volvió a crecer un árbol ni una hortaliza. La atmósfera estaba tan saturada de gases tóxicos que ya no permitía pasar la luz del sol; como pueden ver ya sólo llega su fantasma, y apenas nos alumbra. Además, la tierra ya estaba muerta; el único resultado de todos aquellos experimentos son esos pastos que ven ahí, que también están a punto de morir por los grandes charcos de aceite que no es posible eliminar. O quién sabe si se pueda, ya nadie trata."

Andrés y Lili escuchaban horrorizados el relato del sargento Cienfuegos. Así que lo que Andrés pensó que era agua, en realidad eran charcos de aceite. Con razón en ellos se reflejaba el cielo de una forma tan peculiar.

–¿Eso significa que ya no quedan animales de ningún tipo? –preguntó Lili.

–Sí, aún quedan algunas especies, por ejemplo las cucarachas y las moscas. Aunque a mí en lo particular me gustan más las cucarachas.

–¡Son horribles! –exclamó Andrés.

–De aspecto, quizá... –reflexionó el sargento–. Pero debes reconocer que son más sabrosas que las moscas.

Andrés y Lili exclamaron un "guácala" simultáneamente. No podían creer que alguien pudiera comerse una cucaracha o una mosca. Grande fue su sorpresa al enterarse de que no sólo el sargento lo hacía, sino que todos los pobladores del pantano se alimentaban con esos bichos. A ellos no les parecía nada extraño o repugnante, porque todos, a excepción de los muy viejos, llevaban ese régimen alimenticio desde su nacimiento. El sargento nunca había probado la leche, ni un bistec, ni pescado, ni una calabacita. Pero cuando ya habían entrado un poco en confianza, les dijo que alguna vez llegó a sus manos una reliquia: una paleta de caramelo que confiscó a unos maleantes que traficaban con antigüedades. Les confesó que, ignorando su deber como guardián del orden, había abierto la paleta por una esquina y la había chupado. Y tal fue su satisfacción al saborear algo tan diferente a lo que siempre había comido, que guardó la paleta en el lugar más seguro de su dormitorio.

–¿A poco la tiene ahí guardada? ¿Por qué no se la comió? –preguntó Andrés.

–Ah, claro que me la como. Cada noche, antes de dormir, le paso la lengua por encima, y duermo con ese maravilloso sabor en la boca. Pero sé que no me va a durar para siempre. Es posible que me alcance para unas cinco o seis semanas, pero no más.

Al sargento le costó trabajo creer el relato que Andrés y Lili le hicieron acerca de la ciudad de donde venían. Él tenía alguna idea de lo que había sido el pasado, pero nunca lo había escuchado de labios de dos habitantes de aquel antiguo paraíso. Andrés le dijo que para él era lo más fácil del mundo conseguir una paleta de caramelo: bastaba con caminar la media cuadra que separaba su casa de la miscelánea de don Chucho. Lili y Andrés hablaron entusiasmados de lo que fue la ciudad, del aire puro y de los árboles, sin darse cuenta de que el sargento parecía ponerse enfermo con cada frase, hasta que llegó un momento en que se veía muy afectado.

–¿Está bien, sargento? –le preguntó Andrés.

–No, no estoy bien –respondió con dificultad–. ¡No es justo que hayan acabado con todo eso para siempre! ¡No es justo que los que tuvimos la mala suerte de nacer en esta época, no conozcamos el sol ni las estrellas! Tampoco es justo que lo único que podamos comer sean moscas y cucarachas, y yo tenga que arriesgarme rompiendo la ley que debo proteger por saborear una paleta...

Andrés lo miraba sin saber qué hacer, hasta que pensó en su mochila y en las viandas que le había preparado el Salchichón. Sin ver la lista de instrucciones, sacó el paquete número dos y se lo ofreció al sargento.

–Tome, sargento –dijo–; esto es para usted, es comida del pasado. No sé qué es lo que hay en este paquete, pero lo preparó un compañero que cocina tan bien que hasta las tostadas de pata le quedan buenas.

Lili no pudo evitar reír a pesar de las lágrimas del sargento, porque recordó la vomitada de Andrés, y ahora que el peligro había pasado, le parecía muy gracioso. El sargento abrió el paquete. Era una hamburguesa con papas. El sargento observó la hamburguesa, la palpó y aspiró su olor con una sonrisa. Finalmente, le dio una mordidita.

–Esto es increíble, maravilloso –dijo mientras saboreaba, y después cerró el paquete.

–¿Qué, no le gustó? –preguntó Lili, con ganas de que le dijera que no y que Andrés y ella se la pudieran comer.

–Claro que sí –respondió el sargento–, pero sería una barbaridad comerse algo tan exquisito en un solo instante. La voy a guardar y comeré un pedacito cada noche. No saben cuánto les agradezco este regalo. Y, por favor, no mencionen a nadie lo sucedido aquí esta tarde.

Ambos lo prometieron así y el sargento se dispuso a irse, pero Andrés lo detuvo con una pregunta más.

–¿Por qué llaman a este lugar el Pantano de los Desterrados?

–Según sé, este país tenía fama de ser cordial con los extranjeros, además de tener buen clima y muchos recursos naturales. Las personas de otros países acudían aquí creyendo que encontrarían lo que se había acabado en sus lugares de origen, pero sólo quedaba este gran pantano. Y como ellos se habían desterrado, comenzaron a llamarle así y el nombre se quedó –explicó el sargento.

Antes de retirarse les dijo que estaban en libertad, pero que se cuidaran mucho pues el contenido de la mochila los ponía en un tremendo riesgo. Cualquier habitante de ese mundo futuro sería capaz de matar por conseguirlo.

–Antes de irse pasen a mi cubículo. Voy a extenderles un permiso expreso para caminar hacia la Estrella Dorada y continuar con su misión.

Sin embargo, a Andrés y a Lili no les complació demasiado volver a ser dueños de su libertad. No en esa situación. Estaban asustados: no sólo se encontraban en un lugar desconocido sino en un tiempo del que no sabían nada. Un tiempo en el que ellos ya no deberían existir y en el que estaban por error.

A cada momento Andrés veía con más claridad la importancia de la misión. Ahora tenía muchas más razones para querer completarla con éxito. A pesar de que habían caído en el Pantano de los Desterrados por haberse vomitado, él sabía ya lo que iba a pasar en el futuro con su ciudad y con el planeta. Tenía en sus manos información invaluable. Al volver le diría al mundo entero lo que pasaría si no empezaban todos a preocuparse y a cuidar la naturaleza. No descartaba la posibilidad de que lo tomaran por loco; era poco probable que alguien creyera su historia. Pero no estaba solo. También Isabel estaba viviendo algo similar, lo mismo que Lili, y quizá muchas personas más. Tal vez entre todos podrían hacer algo.

Por lo pronto sólo les quedaba seguir las instrucciones de Madame Salgar; la lista había corrido con la misma suerte que la hoja de teléfonos y de ella sólo quedaba un gran manchón de tinta.

–Bueno, ahora sí, tendremos que buscar la forma de llegar a la Estrella Dorada –dijo Lili.

Cuando salieron del edificio de detenciones, el aire helado les puso la carne de gallina. Andrés se cubrió con la gabardina de los hermanos Cochupo, y Lili prefirió quedarse dentro de la mochila. A pesar del aire frío el suelo estaba tibio, casi caliente, tanto que Andrés tuvo que quitarse los zapatos para tratar de refrescarse los pies, y comprendió la razón por la que el Sargento Cienfuegos andaba descalzo.

Andrés no tuvo dificultad para encontrar la Estrella Dorada en el cielo. Caminó callado y triste mirando el paisaje, el cielo violeta y respirando el olor, ese olor amargo de la atmósfera que irritaba los ojos y la nariz. Extrañó mucho su viejo mundo.

Era muy desesperante caminar y caminar, y ver que la estrella parecía estar tan lejos como en un principio. Sin embargo no tenía alternativa. La instrucción estaba dada, y no le quedaba otro remedio que seguir andando. De pronto sintió pasos detrás de él. No se atrevió a volverse, ni quiso preguntarle a Lili si ella también los sentía; las manos le sudaron. Respiró profundamente y trató de calmarse. Los pasos siguieron sonando a su mismo ritmo. Él no se detuvo hasta que oyó una voz de mujer decir:

–Alto, forastero.

Andrés se paralizó, y lentamente dio vuelta para mirar a la dueña de aquella voz. No estaba sola, a su lado había un hombre. Ella tenía el cabello largo y negro; era baja y delgada. El hombre era delgado también y sólo un poco más alto que la mujer. Ambos estaban sucios y vestían apenas harapos a pesar del aire frío. Cuando Andrés cruzó su mirada con la de ellos, la mujer le dijo a su compañero:

–¿Qué tenemos aquí? ¿Un turistita?

El hombre asintió, riéndose a carcajadas.

–¿Qué traes en tu mochila, personita? –la mujer quiso parecer tierna, pero su voz rasposa y grave no la dejó.

–Esteee... nada.

–¿A ver? Enséñame la nada que guardas ahí.

Andrés retrocedió y abrazó la mochila. La mujer entonces chasqueó los dedos y le dijo al tipo:

–Susano, quítasela.

El hombre se le fue encima y forcejearon. Andrés hizo lo posible por no soltar la mochila, pero no quería hacer demasiada presión por miedo a lastimar a Lili, que estaba en algún lugar del interior. Así es que el maleante no tuvo mayores dificultades para quedarse con ella. Cuando la mujer tuvo la mochila en sus manos, le dijo a su acompañante:

–Ahora, dale a este nenito rebelde una lección.

–¿Lección dura? –el hombre sonrió entusiasmado.

–No tanto.

Andrés recordó el primer botón de la gabardina y pensó que ésa era una situación de emergencia, pero el hombre fue más rápido que él, y en un instante lo tenía encima golpeándolo en la cara y en las costillas. Andrés trataba de defenderse pero aquel hombre, a pesar de lo flaco que era, tenía mucha fuerza. Lili escuchaba todo desde dentro de la mochila, pero no había forma de salir. La mujer la tenía abrazada fuertemente.

–Basta, Susano, vámonos de aquí –dijo la mujer cuando Andrés, casi inconsciente, quedó tirado en el suelo.

Andrés los vio irse, sintiendo latir todo su cuerpo de dolor y de coraje. "Ahora sí estoy perdido", pensó y, sin fuerzas para ninguna otra cosa, se desmayó. ◆

Capítulo 8

◆ Y MIENTRAS tanto, ¿qué pasaba en las otras realidades?

En la Asociación de las Buenas Ocurrencias se respiraba un aire de inquietud. Madame Salgar había informado a sus compañeros cuál era la situación de Andrés, y todos estaban muy preocupados. Estaban al tanto de los peligros del mundo futuro y tenían dudas de que Andrés, que al fin y al cabo era sólo un niño en edad escolar, pudiera resistir lo suficiente para llevar a buen término la misión.

–Es un niño valiente –argumentó Madame Salgar.

–Es valiente, no hay duda –replicó Rosalío–. Pero el mundo futuro es demasiado violento para cualquiera, y mucho más para alguien tan joven.

–Señores –bramó la voz del Jefe desde las pequeñas bocinas–, deben darse cuenta de que no estamos hablando solamente del peligro físico que corre Andrés, sino de uno mucho más grave: ese niño ha visto ahora lo que ningún habitante de su mundo había visto antes, ni vivirá para ver. Esa tierra árida y desolada, esos humanos que se alimentan de lo que para él es escoria y habitan en un lugar deprimente donde ni siquiera llega el sol. Yo no dudo que Andrés tenga el valor de enfrentar los peligros que se le presenten en el camino. Lo que temo es que vaya a perder el sentido de su misión. Que de pronto se pregunte "¿Y para qué me molesto yo en hacer todo esto, si al fin y al cabo el mundo va a acabar así?" Es una pregunta difícil. No sería nada raro que, si se la llega a hacer, Andrés decida rendirse.

—No, Ggan Jefe, no pensemos así –dijo Madame Salgar– el pequeño Andgués va a continuag, yo lo sé. Lo oí detgás de sus palabgas.

—Estoy de acuerdo con Madame Salgar –dijo Ubaldo Cochupo–. Yo no oí nada detrás de sus palabras, pero sé que Andrés va a hacer todo lo posible por salir de ese mundo futuro. A nadie puede gustarle estar ahí. Apuesto que extraña a sus padres y a sus amigos y daría lo que fuera por volver a estar en su casa rodeado por las personas que quiere.

—Diablos –dijo el Salchichón, que hasta entonces no había abierto la boca–, debí prepararle un almuerzo más ligero para antes del viaje en el pesero fantasma.

—Lo que está pasando no es culpa tuya ni de nadie –sentenció el Jefe–. Simplemente, las circunstancias se acomodaron de ese modo, quizá porque así tenía que ser. Ahora sólo nos queda cruzar los dedos porque Andrés salga con bien y cuanto antes de ese lugar.

En el mundo de Andrés reinaba la tristeza. Al darse a conocer la desaparición de los chicos, el trastorno fue general. En la escuela se hicieron varias reuniones a las que asistió mucha gente; todo el mundo se ofreció como voluntario para colaborar en la búsqueda. Naturalmente los esfuerzos resultaron inútiles. El tiempo pasaba y parecía que a Andrés y a Isabel se los había tragado la tierra. Nadie consiguió obtener la menor pista. Pero los padres de ambos no perdían las esperanzas ni lo harían nunca. Ellos seguirían buscando, recorrerían la ciudad y sus alrededores palmo a palmo y, si era necesario, todo el país, o el continente, o el mundo entero. Ellos no sabían que en ninguno de esos lugares encontrarían a sus hijos.

Por otra parte, Isabel seguía en la misma situación: encerrada tratando de inventar chistes malos. Sin embargo le pasaba lo mismo que a Lili: su mente se rebelaba contra la estupidez, y había empezado a trabajar en otras cosas: usaba el papel y los lápices que le proporcionaba el guardia para escribir cuentos. Ya tenía dos: uno de ellos no estaba terminado, ya que era su propia historia desde que los guardias de las Fuerzas Jocosas la capturaron. Era una especie de diario en el que transcribía sus vivencias. El otro era un cuento de un perro y una aspiradora que vivían peleados porque una vez la aspiradora, por accidente, succionó la cola del perro y lo hizo enojar. Ese cuento surgió de un chiste inventado por ella y que, a pesar de ser tan malo como los anteriores, tampoco le sirvió para lograr su libertad. Además de sus cuentos escribía cartas para sus papás, para Mariana, su mejor amiga, y también una para Andrés. De haber sabido que en esos momentos él pasaba por una situación tan peligrosa para salvarla, posiblemente le hubiera hecho una carta de amor y agradecimiento llena de inspiración. Pero como no tenía ni idea, la carta era bastante simple.

Isabel guardaba sus escritos debajo del colchón del catre, y los guardias de las Fuerzas Jocosas no eran tan inteligentes como para descubrir ese lugar a pesar de ser el más obvio.

Una de aquellas tardes, de pronto y sin avisar, como siempre, entró a su celda el guardia barbón del gorrito. Isabel estaba acostada en el catre mirando al techo.

–¿Qué haces? –el guardia mostró su sonrisa boba.

–¿Pues tú qué crees, gorila? Estoy trabajando –Isabel, en ese momento, estaba de muy mal humor.

–Aaah... ¿es un chiste? –volvió a preguntar el guardia sin quitar su tonta sonrisa.

–Qué ignorante eres –dijo Isabel sin mirarlo–. ¿Tú crees que no tiene una que inspirarse para escribir?

–Aaah –repitió el guardia–. Pues vas a tener que dejar de inspirarte un ratito, porque el Maestro quiere hablarte.

Al llegar a la oficina del Maestro, lo encontraron jugando billar, pero no estaba solo. Dos niñas y un muchacho observaban impávidos su juego. Una de las niñas parecía menor que Isabel; tenía unos siete años, el pelo largo y los cachetes colorados. El muchacho era más grande, bastante delgado y con la piel muy blanca. Sus ojos no expresaban nada, aunque parecían tristes, tal vez por las ojeras. La otra niña debía de tener la misma edad de Isabel. Era gordita, con la cara llena de pecas y el cabello rojizo.

–Hola, hola, prisionera Ciento Veintidós –saludó el Maestro, entusiasmado, mientras calculaba con cuidado un tiro–. Venga, voy a presentarla con su nuevo equipo.

El tiro falló. Las bolas pasearon por la mesa y ninguna entró en una buchaca. Enojado, el Maestro arrojó el taco sobre la mesa y se dirigió a su escritorio.

—Acérquense.

Para presentarlos utilizó sus respectivos números de prisionero: el muchacho era el Ciento Uno, la niña pequeñita era la Ciento Treinta y Dos y la mayor la Ciento Treinta y Tres. El muchacho mantenía su semblante inexpresivo, pero las dos niñas parecían muy asustadas.

El objeto de la reunión era hacer un proyecto para una película. El Maestro había escogido a los participantes al azar, sin preocuparse si sabían algo de cine. Isabel fue la única que se atrevió a replicar:

—Oiga, pero yo no sé nada de eso.

—¿Cómo? —dijo el Maestro riendo—. ¡No me vas a decir que nunca has ido al cine!

—Sí, claro que he ido muchas veces, pero sentarse a ver películas no quiere decir que sepa uno cómo hacerlas.

—Ay, niña, para lo que perseguimos aquí, es más que suficiente. Recuerda que lo que tienen que hacer no es una buena película, sino una mala. La más mala, la más tonta... ¿No me digas que no te sientes capaz de hacer eso? —preguntó el Maestro sin dejar de reír, pero lanzándole una mirada suspicaz.

—No lo sé.

El Maestro dio una palmada

—Pues bien, manos a la obra. Les he asignado un cubículo especial para labores de grupo. Espero que en una semana puedan darme un adelanto de su trabajo.

En cuanto los chicos salieron, el Maestro llamó al guardia.

–Vigila muy bien a la Ciento Veintidós –murmuró–. Todavía piensa bastante bien, y no podemos permitir que siga así.

–Sí, Maestro –dijo el guardia haciendo una reverencia y salió de la oficina.

El guardia condujo a los muchachos por un pasillo muy largo, parecido a los gusanos que se usan para subir a los aviones, con la diferencia de que éste tenía ventanas por ambos lados. Isabel se quedó atrás, asomada por una ventana.

–Ustedes no se muevan de aquí –dijo el guardia y caminó hacia Isabel, quien miraba una enorme torre blanca edificada sobre un patio, que no estaría a más de diez metros del gusano. La punta de la torre era plateada y estaba totalmente enrejada.

–Camina, niña –ordenó el guardia.

–Oye, guardia, ¿qué es eso?

–Ah, es la Torre Blanca. Bonita, ¿eh? Pero, anda, camina –repitió dándole a Isabel un empujoncito.

–¿Y por qué está enrejada? Se vería mucho mejor sin esas rejas estorbosas –siguió comentando Isabel mientras alcanzaban a los demás.

–Ah, es que en la punta de la torre está el prisionero más importante de las Fuerzas Jocosas.

–¿Quién es?

–Pues quién va a ser: el Mago Damián.

Cuando el Ciento Uno oyó ese nombre, se sobresaltó; Isabel se dio cuenta, pero prefirió no preguntar nada; cuando menos no frente al guardia.

Una vez que estuvieron solos en el cubículo, Isabel se presentó con su nombre, y les preguntó los suyos a los demás.

–Yo soy María –dijo la pelirroja.

–Yo no me acuerdo, pero qué te importa –dijo el muchacho de muy mala manera–; si me quieres hablar, dime Ciento Uno, y si no te da la gana no me hables, que no me hace ninguna falta.

–Qué grosero eres, yo sólo quería hacer conversación. ¿Y tú? –preguntó Isabel a la pequeñita, al tiempo que pellizcaba uno de sus rojos cachetes.

–Me llamo Ana –dijo con trabajos y se echó a llorar diciendo que quería a su mamá.

Para la segunda tarde que estuvieron metidos en el cubículo tratando de inventar la película, los cuatro chicos ya se habían hecho amigos. En realidad la mayor parte del tiempo que pasa-

ban ahí se dedicaban a hablar mal del Maestro, de su sistema y de su perversos planes. También hablaron de sus vidas, pero no había mucho que contar porque todas eran breves. Incluso la del Ciento Uno: aunque tenía bastante más edad que ellas (no supo precisarlo, pero él creía que andaba rondando los treinta), llevaba muchos años encerrado en las Fuerzas Jocosas. Y cuando alguien estaba ahí, no sólo no envejecía sino que se iba olvidando poco a poco de sus recuerdos terrestres. Lo único que les pudo contar fue la historia del Mago Damián y la redada del 76, pero le quedó muy floja porque después de tanto tiempo de estar ahí su cerebro ya no funcionaba correctamente.

Isabel lo advirtió, y una vez que se ganó la confianza del muchacho y con la ayuda de Ana y María, dedicaron parte de las tardes a contarle cuentos, ponerle ejercicios de matemáticas, enseñarle a deletrear palabras y todo lo que ya había olvidado.

Así pues, en lugar de escribir una mala película, los chicos pusieron sus mejores ideas para que saliera una película, si no buena (hacer cine resultó mucho más complicado de lo que Isabel imaginó), por lo menos no tan mala como el Maestro lo requería. También se dedicaron a estudiar, a contarse chistes, a inventar canciones y juegos... en fin, a hacer todo lo posible para mantener sus mentes funcionando y no terminar como los desdichados que caían ahí. Gracias a ese proyecto, Isabel ahora tenía tres amigos, y no se sentía tan sola como cuando llegó a las Fuerzas Jocosas. A partir de entonces su estancia en ese lugar se hizo un poco más fácil. ◆

Capítulo 9

◆ ANDRÉS despertó sobresaltado y adolorido. Esperaba encontrarse todavía en medio del pantano, pero al abrir los ojos se dio cuenta de que estaba en un lugar cerrado y oscuro, tendido sobre un sarape. Decenas de personas tenían los ojos clavados en él. Todos parecían iguales: flacos y harapientos. Apenas se podía distinguir entre cuál era hombre y cuál mujer.

Andrés notó que ya no tenía puesta su gabardina y quiso levantarse, pero un fuerte dolor en el tórax se lo impidió.

–Mi gabardina –dijo en un murmullo–. ¿Dónde está?

El grupo se abrió entonces y una persona igual que todas se acercó a él y le extendió la gabardina.

–Te la quité para que durmieras más cómodo –dijo, y su voz reveló que era mujer. Se sentó a su lado y le acarició la cabeza con ternura.

–¿Dónde estoy? ¿Cómo llegué aquí? –Andrés tenía apenas un hilo de voz.

–Estás en el Tercer Albergue, que es mi hogar y el de todos

los que ves aquí. Y yo te traje porque te encontré desmayado a la intemperie; además estás muy golpeado. ¿Qué te pasó?

Andrés no quería responder, no creía que pudiera confiar en nadie de ese mundo. Pero no le quedaba otro remedio; aún estaba muy débil y adolorido como para pararse y salir corriendo, que era exactamente lo que tenía ganas de hacer. La mujer se dio cuenta de que estaba asustado y les dijo a todos los demás que los dejaran solos. Los otros obedecieron y la mujer siguió con sus preguntas.

–¿De dónde vienes? ¿Cómo llegaste aquí?

A Andrés le pareció muy raro que se le notara tanto que no era de los alrededores.

–Eres un niño –le dijo ella–, y aquí hace mucho tiempo que no nace nadie. Los últimos que nacieron tienen ahora más de veinticinco años.

–¿Y por qué ya no hay niños?

–¿No viste cómo está todo allá afuera? Nosotros apenas tenemos con qué alimentarnos, con qué cubrirnos ¿Cómo piensas que a alguien se le ocurriría traer un niño a vivir en un lugar como éste?

–Cielos –Andrés gimió de dolor.

La mujer acercó una palangana metálica de la que emanaba un vapor espeso. Levantó cuidadosamente la sudadera de Andrés, mojó un trapo en el líquido del recipiente y con él le frotó el torso.

–¿Te picó una araña negra? –le preguntó mirando la cicatriz de su mejilla. Andrés negó con la cabeza, pero no quiso darle más explicaciones; sin embargo aquella mujer no parecía ser mala, y su masaje lo hacía sentir mucho mejor.

–Vas a ponerte bien, yo me encargo de eso. ¿Por qué no me cuentas qué te sucedió?

–Me asaltaron unos bandidos–Andrés concibió la esperanza de que ella lo pudiera ayudar–. Se llevaron mi mochila y a mi amiga Lili.

–¿Te diste cuenta de cómo eran?

–Sí, eran iguales que todos los que viven aquí. Así, flacos y nada limpios. Eran una mujer y un hombre y lo único que sé es que él se llama Susano.

–Claro, tenían que haber sido esos dos.

–¿Los conoce? –preguntó Andrés exaltado.

–Sí, los conozco. Ella se llama Artemisa Negrón y él es Susano Tiznado, su asistente. Hace mucho tiempo que no daban de qué hablar, porque ninguno de los habitantes de aquí tiene nada que le roben. Pero les gusta interceptar a los caminantes que pasan cerca de sus dominios y darles palizas por pura diversión. Con razón te dejaron así... tú sí tenías algo.

–¿Sabe dónde puedo encontrarlos?

–Sí, pero nadie se atreve a acercarse por ahí. Es peligroso.

–Yo debo ir, tienen a mi amiga. Por favor dígame qué puedo hacer –rogó Andrés.

La mujer, que más tarde se presentaría como Margarita Burciaga, le dijo que por lo pronto tenía que descansar y alimentarse para recobrar las fuerzas. Andrés pensó que tenía razón y decidió someterse a sus cuidados. Y aunque al principio se resistió, el hambre atroz que llegó a sentir lo hizo ceder finalmente ante un plato de cucarachas fritas. Le sucedió como con las tostadas de pata: hasta le supieron bien. Lo malo era que después de mas-

ticarlas quedaba como una cascarita que todos se tragaban, y Andrés tenía que ingeniárselas para escupirla sin que lo vieran.

Mientras tanto, desde su llegada a la cueva de Artemisa Negrón, Lili había logrado escabullirse de la mochila sin ser vista por los malvados. Durante todo el tiempo que estuvo ahí permaneció de incógnito, lo cual no fue difícil, porque la cueva estaba atiborrada de cachivaches que servían perfectamente de escondrijos, y más para alguien de su tamaño. No quiso escapar de la guarida; confiaba en que tarde o temprano Andrés vendría por ella. En las noches tomaba las migas que dejaban Artemisa y Susano de los paquetes del Salchichón, que eran suficientes para llenar su diminuto estómago, así es que no se la estaba pasando tan mal como Andrés en el aspecto culinario.

Entre las muchas porquerías que Artemisa Negrón y Susano Tiznado guardaban, Lili encontró un libro, viejo para esa época, pues había sido escrito en el año 2040. En ese libro el autor, un tal doctor Beltrán, relataba la decadencia que estaba sufriendo el planeta, pronosticaba los horrores que vendrían y proponía diferentes formas de evitarlo. Lili se preguntó por qué nadie le habría hecho caso a ese hombre y deseó con vehemencia poder regresar a su tiempo y hacer cuanto estuviera en sus manos para evitar ese futuro desastroso.

Gracias a los cuidados de Margarita Burciaga, Andrés estuvo totalmente restablecido en un par días. Bueno, en lo que le parecieron dos días, porque en el Pantano de los Desterrados no se medía el tiempo, en primera porque no había relojes y en segunda porque, como nadie tenía nada que hacer, no le veían el caso a medir sus interminables días de ocio.

Durante su convalecencia Andrés trazó el plan de rescate. Lo primero que hizo fue ponerse la gabardina y abrochar el primer botón, transformándose ante la atónita mirada de Margarita. Andrés le explicó cómo funcionaba la prenda y le dijo que no pensaba arriesgarse a encontrar nuevamente a la Negrón y a su asistente yendo desamparado. Después se dirigieron al edificio de detenciones para pedirle ayuda al sargento Cienfuegos. Lo encontraron ocupado en su escritorio. Andrés se le acercó por la espalda y le puso la mano en el hombro. El sargento se levantó ágilmente y lo tiró al suelo con una llave.

–¿Pero, por qué? –le preguntó Andrés mientras se desinflaba.

–Ah, eres tú... –dijo avergonzado el sargento–. Diablos, no te reconocí... ¿qué clase de magia es ésa?

–No es ninguna magia, es una gabardina protectora –dijo, levantándose con muchos trabajos.

Después le relató al sargento lo que había ocurrido. Le dijo que Lili y su mochila estaban en manos de Artemisa Negrón y Susano Tiznado. Rápidamente se organizaron y tomaron las armas, que por cierto no tenían nada que ver con las que Andrés imaginó que habría en el futuro: eran garrotes ordinarios, y lo más sofisticado eran resorteras. Andrés, gracias al tiro a la botella, conocía perfectamente el manejo de estas últimas y le pidió al sargento que lo dotara con una para poder ayudar. Después de probar su buen tino contra una ventana pequeñita que no tenía vidrio, el sargento le proporcionó el arma y partieron al rescate con todo y Margarita. Sin embargo todo fue mucho más fácil de lo que Andrés hubiera creído. Cuando llegaron a la guarida de la Negrón, tanto ella como su asistente estaban tirados en el piso, tomando una de sus largas siestas, después de haber acabado con toda la comida que encontraron en la mochila de Andrés, y el sargento los esposó sin que se dieran cuenta.

—¡Lili, Lili! ¡Sal de donde estés, ya llegué! —gritó Andrés; en un momento la vio correr hacia él y se saludaron jubilosos. Los gritos despertaron también a Artemisa Negrón y a Susano Tiznado, quienes al verse detenidos se echaron a llorar como niños chiquitos, rogándole al sargento que los dejara en paz. Pero éste les dijo que iban a pudrirse encerrados por una buena temporada.

—Anda —dijo el sargento a Andrés, señalando a Susano Tiznado—, si quieres venganza, tómala. Te cedo al prisionero. Pégale todo lo que quieras.

Andrés estuvo a punto de hacerlo, pero se aguantó.

—No, sargento, lléveselo usted y castíguelo como se merece. Yo sólo soy un forastero de otro tiempo.

Andrés tomó su mochila y, antes de salir, Lili le contó en secreto sobre el libro que había leído. Le dijo que sería una buena idea llevárselo y enseñarle al mundo del pasado lo que les esperaba si no se tomaba conciencia. Andrés metió el libro en su mochila sin que el sargento lo viera. Revisó que estuvieran las monedas de mercurio, que seguían intactas en su envase.

—Oiga, sargento —observó Andrés—, el edificio de detenciones está mucho mejor que la guarida de estos malvivientes. Van a estar mejor allá, eso no es lógico.

El sargento se puso muy serio.

—Mira, muchacho, en primera, la celda donde tú estuviste es el paraíso comparada con el lugar a donde estos dos van ir a parar. Y en segunda —el sargento subía paulatinamente el volumen–, ¿cómo puedes tú hablarme de lógica? Si los habitantes de tu tiempo hubieran pensado y actuado con lógica, el mundo no estaría hoy como lo ves.

Andrés reflexionó por un momento. El sargento tenía razón. Ofreció una disculpa por él y sus contemporáneos. El sargento emprendió la marcha al Edificio de Detenciones luego de despedirse de Andrés y chocar palmas amistosamente con él.

Antes de seguir su camino, Andrés se acercó a Margarita y le dio un fuerte abrazo.

–Gracias –dijo Margarita–. Fue muy bonito tener un hijo, aunque fuera sólo por un rato.

–Mira –le dijo Andrés sacando su flauta de la mochila–, es un regalo para ti.

–Bonito adorno –dijo, mirándola con extrañeza.

–¡No es un adorno! –exclamó Andrés y se puso a tocar *Claro de Luna*, que le salió tan bien como nunca antes. Margarita lo escuchó con los ojos húmedos.

–Hace ruido –dijo entre sollozos.

–No es ruido –le explicó Lili–, es música.

Andrés terminó y le dio la flauta a Margarita; ella le dijo que ése sería su único tesoro. Se abrazaron de nuevo y cada quien marchó a donde debía marchar. ◆

Capítulo 10

◆ POR TERCERA vez, Andrés y Lili se hallaban caminando sin tregua en dirección a la Estrella Dorada, con la diferencia de que ahora sí notaban sus avances. La estrella parecía estar cada vez más cerca.

–¿Por qué será que ahora vamos más rápido? –le preguntó Andrés a Lili, que venía sentada en su hombro.

–No lo sé. Tal vez porque ya cumplimos los pendientes en este mundo futuro.

–¿Cuáles pendientes? Caímos aquí por accidente.

–Quién sabe, Andrés. Por lo pronto, ahora tenemos en nuestras manos el libro, que es una prueba de que el mundo no anda bien, y tal vez podría ayudar.

–Es cierto –Andrés apresuró el paso.

Al contrario de lo que pensaban, la Estrella Dorada no era una estrella de verdad. Era como los carteles enormes que anuncian cosas en la calle, nada más que mucho más alto que todos los espectaculares que Andrés y Lili habían visto. Por lo que alcanzaron a ver, la estrella estaba formada por miles de foquitos que irradiaban una fuerte luz, y su sostén era una estructura metálica herrumbrosa, pero bastante firme. Y alta, muy alta. Tanto como para haber hecho creer a Andrés y a Lili que se trataba de una estrella de verdad.

A un lado de la estructura que sostenía la estrella, se abría una especie de caverna oscura. Andrés supuso que era la entrada a la Estación Sombría, se calzó sus zapatos y se introdujo por ella. Caminó algunos metros antes de encontrarse con unas escaleras eléctricas. Todo parecía cada vez más familiar. Descendió durante un rato por un túnel de cuyo extremo asomaba una luz. Al llegar ahí Lili y Andrés se encontraron con una estación de metro como las que habían visto mil veces en la ciudad. La diferencia eran los letreros: eran negros, decían "Estación Sombría" y su símbolo era un cráneo y dos tibias, como las banderas de los piratas.

Andrés localizó rápidamente la taquilla siete. Se acercó ahí con las monedas de mercurio en la mano y las ofreció al taquillero, un sujeto flaco y calvo, de ojos hundidos y saco negro.

—Hola —Andrés sonrió amablemente y le dio las monedas. El hombre no dijo nada ni gesticuló. Solamente introdujo la mano en una bolsa de su saco y de ella extrajo un boleto. Se lo dio a Andrés, esta vez correspondiendo la sonrisa.

—Suerte —le dijo el hombre y, acto seguido, ante los asombrados ojos de Andrés y Lili, se esfumó en el más absoluto silencio; luego, de la misma forma, desapareció la ventana de la taquilla, quedando frente a ellos una pared plana y sólida, sin el menor indicio de que ahí hubiera habido algo.

Bajaron por otras escaleras eléctricas y llegaron a donde estaban los torniquetes. Andrés los miró todos sin saber si tenía que meter su boleto en alguno en especial o daba lo mismo. No quería volver a equivocarse, y los recorrió uno a uno, revisándolos con cuidado. En el penúltimo había un letrero pequeño que decía "ÚNICAMENTE BOLETO MÁGICO". Andrés sonrió satisfecho e introdujo el boleto en la ranura. Trató de pasar por el torniquete, pero éste no se movió. De pronto empezó a sentir bajo sus pies un temblorcito. Miró al piso y se dio cuenta de que se estaba abriendo. Tomó a Lili con las dos manos para protegerla y resbaló por el hueco. No fue mucha la distancia que recorrieron antes de volver a tocar suelo. Aunque no fue precisamente suelo lo que tocaron, porque cayeron en un puesto de cachuchas, ante la atónita mirada de un vendedor, que volteó hacia arriba y se rascó la cabeza.

–Perdón –dijo Andrés. Verificó que Lili estuviera bien y la

colocó de nuevo en su hombro. Habían caído en un andén que se parecía mucho a los andenes del metro en hora pico. Había gente por todos lados, pero muy rara. Desde un jorobado pobretón hasta una mujer con un lujoso vestido blanco y una corona, que parecía princesa. Andrés los miraba maravillado.

–Quítate, estorbo, déjame pasar –sonó una voz a espaldas de Andrés, quien al volverse se encontró con un perro dóberman que lo miraba.

–Que te quites, necesito abordar mi tren –dijo el perro. Andrés se hizo a un lado.

–¿Dónde estamos? –le preguntó Lili, no menos impresionada que él.

–No tengo idea, pero espero que en el lugar correcto.

Caminaron entre la gente. Los vendedores ambulantes andaban por doquier, anunciando las mercancías más extrañas:

–Lleve su varita mágica: es la oferta, la promoción, una va-

rita mágica por sólo seis machacantes –gritaba uno. Otro vendía lámparas de aceite, como la de Aladino; otro, frijoles mágicos; otro, sombreros que lo hacían a uno invisible; en fin, una cantidad de artículos que Andrés solamente había oído mencionar en cuentos y películas. Hubiera querido comprar muchos de ellos, pero no tenía ni un centavo.

–Debemos buscar al Anciano Desertor –dijo Lili con la intención de apurar a Andrés, que estaba de lo más entretenido mirando las cosas raras que había en la estación–. Anda, pregúntale a alguien.

–Disculpe –le picó el hombro a un tipo que estaba delante de él, quien al volverse mostró tres ojos en su cara–. Esteeee, busco al Anciano Desertor.

–Al final del andén. Tiene un puesto de chistes –dijo el hombre, fijando sus tres ojos en los dos de Andrés con una franca y amarillenta sonrisa.

Andrés se abrió paso entre la extravagante muchedumbre. Al llegar al final del andén vio, en efecto, al Anciano Desertor, sentado sobre un tapete rojo. A su lado había un cartoncito que decía "CHISTES". El anciano parecía tener como mil años. Tenía tantas arrugas que casi no se le veían las facciones; su barba llegaba hasta el suelo y aún ahí se le enrollaba entre las piernas. Andrés se paró frente a él.

–Buenas.

–¿Eh? ¿Qué diche? –el anciano miró hacia ambos lados.

–¡Buenas! –Andrés subió el volumen de su voz, se agachó y se acercó a su oreja–. ¿Es usted el Anciano Desertor?

–Chí choy. ¿Quién pregunta?

–Me llamo Andrés Fuentes y vengo de parte del Jefe de la Asociación de las Buenas Ocurrencias. Me dijeron que usted va a contarme el chiste más malo que ha existido.

–Chí, chí, ya lo ché. ¿Y uchté qué me da?

–¿Qué le doy? –preguntó Andrés a Lili; ella se encogió de hombros.

Andrés buscó en su mochila y no encontró nada. Artemisa Negrón y Susano Tiznado le habían quitado la comida y su cuaderno de matemáticas, y él mismo había regalado su flauta a Margarita Burciaga. No podía darle la gabardina, porque no era suya, ni el libro, porque era la salvación del mundo. Tampoco podía dejarle en prenda a Lili. Hasta que notó que el Anciano no traía zapatos. Calculó que los suyos le quedarían bien, así que se los quitó y se los puso a él.

–Le doy mis zapatos.

El Anciano Desertor sonrió y le pidió que se acercara más.

–Echte ech el chiste –dijo, y murmuró durante un rato en el oído de Andrés, que al terminar de escucharlo se le quedó viendo con desaprobación.

–Sí que es malo ese chiste, con razón. ¡Qué bruto, cómo puede haber un chiste tan malo! –exclamó indignado. Luego le dio las gracias y en cuanto se puso de pie, el Anciano Desertor se desvaneció de la misma manera que el de la taquilla siete, con todo y su tapete rojo, su letrero de cartón y los zapatos de Andrés.

–Qué extraño ha sido todo esto –dijo Andrés y caminó hacia la orilla del andén–. Por lo menos la primera parte de la misión está completa. Ya memoricé el chiste.

–Cuéntamelo –le pidió Lili mientras esperaban la llegada del tren.

–No quieres oírlo, estoy seguro –dijo Andrés, pero Lili insistió tanto que Andrés se lo platicó en voz bajita.

–Tenías razón, ésa es precisamente la clase de chistes que más vale no oír.

Momentos después arribó el tren con un gran estruendo y un ventarrón. Andrés y Lili lo abordaron junto con una horda de extraños personajes. Andrés se apresuró a ocupar un asiento, porque estaba muy cansado y no sabía cuánto tiempo duraría su viaje. Tuvo suerte, pues encontró un lugar vacío al lado de una hermosa sirena, que de la cintura para arriba podría haber pasado por estrella de cine: tenía los ojos azules, la piel dorada y un cabello largo y brillante.

–Ya te vi, ¿eh? –bromeó Lili.

–Es muy bonita –Andrés suspiró sin dejar de mirarla.

La sirena lo miró a los ojos y empezó a entonar una armónica melodía. Andrés sintió sueño y bostezó. Lili también. Y la sirena siguió cantando hasta que ambos se quedaron dormidos.

Cuando Andrés despertó, confirmó que había llegado al final de la primera parte de la misión. El tren se encontraba detenido, vacío y con las puertas abiertas, en la estación Chilpancingo, que quedaba bien cerca de su casa.

–Lili, creo que ya llegamos –le dijo sacudiéndola. Ella despertó de mal humor porque quería seguir durmiendo–. Conviértete en teléfono, debo hablarle a Madame Salgar para decirle que ya llegamos.

Lili lo hizo, y Andrés apretó el botón donde estaba memorizado el teléfono.

–¿Andgués? –contestó Madame.

–¡Sí, soy yo, Madame, ya llegamos!

–Oh, sí, lo sé, te veo en mi bola mágica... Felicidades, mi valiente *garçon*, lo loggaste! Sal a la calle y espega, los hegmanos Cochupo están en camino pog ti.

Andrés corrió escaleras arriba y salió de la estación. Encontró la calle húmeda, como la última vez que la había visto. Los pies se le entumecieron al contacto con el pavimento frío, sin embargo estaba tan contento que no le importó. Lo único que quería era expresarle a alguien su felicidad, pero Lili seguía convertida en teléfono. Seguramente se había vuelto a dormir. La guardó con cuidado en su mochila y buscó alguien a su alrededor que pudiera escucharlo. Un señor de semblante muy serio pasó frente a él, caminando de prisa con un portafolios en la mano. Andrés lo detuvo por la manga y le dijo:

–¡Lo logré, señor, lo hice!

Él lo miró con lástima y, creyendo que era un pordiosero, le arrojó una moneda que cayó junto a sus pies descalzos. ◆

Segunda parte

Capítulo 11

◆ Cuando los hermanos Cochupo fueron a recoger a Andrés, lo recibieron como a un viejo amigo que llega a la estación después de un largo viaje. Ubaldo y Viriato lo felicitaron y emprendieron el camino en una vieja carcacha destartalada. Recorrieron las calles de la ciudad hasta llegar a una enorme bodega que Andrés de inmediato reconoció como la sede de la Asociación.

–¿Por qué la primera vez no me trajeron así, como gente civilizada? –preguntó.

–Porque no eras de confianza.

–¿Y ahora ya lo soy?

–¿Tú qué crees? –Ubaldo sonrió satisfecho.

En el sótano estaban todos los demás, quienes al ver entrar a los hermanos con Andrés, prorrumpieron en aplausos y felicitaciones.

–Andrés –sonó la voz del Jefe desde las pequeñas bocinas–, tengo que felicitarte: a pesar de los contratiempos, has cumplido la primera parte de la misión con éxito –Andrés notó que ahora le hablaba de tú–. Todos estamos muy orgullosos. El compañero Salchichón ha preparado un banquete de bienvenida. ¡Felicidades!

Andrés casi babeaba cuando vio al Salchichón aproximándose a la mesa con los brazos llenos de bandejas con sus platillos favoritos: un pavo con salsa de ciruelas, hamburguesas, un gran plato de ravioles y pastel de durazno. Ahora sí, el Salchichón le había atinado a todo y se veía delicioso. Durante la cena, Andrés y Lili contaron su aventura, que todos escucharon emocionados. Después, Lili sacó su guitarra y cantó algunas

canciones. Fue una divertida velada, interrumpida de pronto por la voz del Jefe a través de las bocinas.

–Bueno, señores, basta de fiesta, que nuestro héroe está cansado y tiene que dormir. Andrés, mañana te tienes que levantar temprano; conocerás a tu entrenador para la siguiente parte de la misión. Rosalío, llévelo a su cuarto.

Andrés se despidió de todos, le dio las gracias al Salchichón y Rosalío Largo lo condujo a su cuarto. ¡Qué diferencia de las primeras noches que pasó en la Asociación, durmiendo en una silla! El cuarto estaba limpio y tibio. En el centro, una cama tendida con sábanas blancas y un cobertor. Sobre ésta había una piyama de franela y un cambio de ropa: pantalones de mezclilla, una playera, una gruesa chamarra y unos tenis. Todo nuevecito.

–Espero que no hayas crecido en estos días, porque si no, nada de esto te va a quedar –Rosalío le midió la playera en la espalda–. Los compramos especialmente para ti.

En el baño, una tina con agua caliente y burbujas aguardaba a Andrés. Se despidió de Rosalío y se dio un largo baño; luego se acostó y durmió profundamente por primera vez desde el comienzo de su aventura.

Al día siguiente, después del desayuno, el Jefe anunció la llegada del instructor. Cuando entró al sótano, Andrés no pudo evitar decepcionarse un poco. Él había imaginado a un hombre fortachón y grandote que le enseñaría a levantar pesas, dar patadas voladoras y romper ladrillos a karatazos. Pero el instructor no tenía aspecto de poder hacer de él un ninja ni nada similar. Era un tipo joven, esbelto y muy bien peinado; en general, parecía demasiado correcto en sus modales. No, definitivamente no tenía nada que ver con la especie de Rambo que Andrés había dibujado en su mente.

—Andrés —dijo Rosalío—, te presento al profesor Armando Maravillas; él se va a encargar de enseñarte actuación.

—¿Actuación? —se quejó Andrés—. ¿Cómo que actuación? ¿Y el judo, y las lecciones de tiro al blanco?

—¿De qué habla el niño? —preguntó el profesor Maravillas. Rosalío se encogió de hombros y llevó a Andrés aparte, para preguntarle de dónde había sacado todo eso.

—¡Es el instructor! —exclamó Andrés—. Me debería enseñar a hacer llaves, a dar patadas y esas cosas, ¿no?

—¡No! —Rosalío no parecía nada contento—. El profesor Maravillas es actor, te va a dar un curso intensivo de teatro.

—¿Qué qué? —preguntó Andrés; esa idea le parecía una broma—. Pero, ¿para qué?

—Mira, muchacho, yo aquí sólo soy el intermediario. Quien toma las decisiones es el Jefe; si después quieres hablar con él, con mucho gusto, pero por lo pronto tienes que empezar a tomar el curso. Así que haz lo que el profesor Maravillas te indique.

Rosalío los dejó solos. Andrés pensó que Armando Maravillas era un tipo muy presumido; pero sabía que no tenía ningún caso quejarse, de modo que, resignado, obedeció sus órdenes.

—Vamos a hacer un ejercicio de expresión corporal —dijo Maravillas—; cierra tus ojitos y piensa que eres un poste de luz.

Andrés se resistió un poco a hacer semejante cosa. Le parecía un ejercicio completamente ridículo e inútil. Pero lo hizo, y no estuvo tan mal. Era fácil ser un poste de luz. De ése siguieron muchos otros a cual más extraños; Andrés tuvo que imaginar que era un ventilador, una anguila, una butaca de cine, un nabo cocido y un rinoceronte furioso. Como el profesor no le caía muy bien, aprovechó el último ejercicio para embestirlo con tremendo golpe en la barriga, lo que hizo que se fuera de espaldas al suelo. Cuando se levantó, Andrés pensó que le iba a decir alguna grosería, pero, para su sorpresa, en lugar de eso se acercó y le dijo:

–Muy bien. Adelantamos mucho el día de hoy.

Después salió de la bodega respirando ruidosamente y sobándose la panza. Esto hizo que dejara de caerle mal a Andrés y a partir de entonces se portó mucho mejor en las clases. Aprendió a llorar cuando estaba feliz, a estar feliz cuando quería llorar, a hacerse el loco mientras se daba cuenta de todo, a aparentar un enojo falso; en fin, aprendió bien todo lo que el profesor Armando Maravillas le enseñó, menos a bailar. Aquel día fue terrible porque casualmente a la hora de la clase estaban presentes los hermanos Cochupo y Lili. El profesor llevó una grabadora y puso una cinta de música clásica.

–Baila –le pidió a Andrés sin más explicaciones.

Andrés nunca había bailado, excepto una vez, en preprimaria, cuando en el festival del día de las madres le tocó ser un conejito. Pero en realidad eso no había sido un baile, sino una serie de brincos sin ton ni son alrededor del patio de la escuela. Andrés miró a su alrededor. Todos los presentes parecían esperar con ansia la ejecución. Y como no sabía hacer otra cosa, se puso a brincar como conejito. Todos se echaron a reír como locos, ya que los brinquitos no tenían absolutamente nada

que ver con el ballet, que era *La be-
lla durmiente* de Chaikovski. El
profesor Maravillas no se reía, sólo
lo miraba pasmado. Andrés se dio
cuenta de que a los demás les estaba haciendo mucha gracia su
baile, así es que siguió brinque y
brinque con entusiasmo, hasta que
Maravillas paró la música.

–¡Basta, por caridad, basta! –el
profesor se agarró la cabeza con las manos–. Te voy a mostrar
cómo se hace esto.

Salió por la puerta de la bodega y segundos después volvió
a entrar, vestido con unas mallas azul claro. Regresó la cinta
para poner el ballet desde el principio y se puso a bailarlo, dejando a los presentes con la boca abierta. Andrés no apreciaba
tanto el baile en sí, pero de repente Maravillas daba unos largos saltos con volteretas en el aire y giros rapidísimos sobre su
propio eje, lo que hizo pensar a Andrés que el ballet siempre sí
era interesante. Cuando terminó, todos aplaudieron y Andrés
gritó:

–¡Sí, sí quiero aprender a bailar!

Lamentablemente, aunque tenía una gran disposición para
hacerlo, no tardó mucho en darse cuenta de que no tenía ritmo.
Por más que trató, lo único que le siguió saliendo bien fueron
los brinquitos de conejo. Maravillas intentó con otros ballets,
luego con valses y luego con un mambo, pero todo fue inútil.
A Andrés simplemente no se le daba el baile.

–Ni hablar, muchacho: naciste arrítmico –le dijo Maravillas antes de despedirse. Después le dio un diploma que lo calificaba de "actor profesional" y luego se fue para siempre, a dar clases de ballet a los que sí tenían ritmo.

La siguiente parte del entrenamiento era la que Andrés había esperado con tantas ganas. Se la dio el mayor Brown, que era un tipo grandote y rudo, con uniforme de militar: todo lo contrario de Armando Maravillas. Una vez más, Rosalío Largo fue el encargado de presentarlo con su nuevo maestro, al que Andrés tuvo la impresión de haber visto antes en algún lado, pero por más que trató de hacer memoria, no supo dónde.

–El mayor Brown va a encargarse de la segunda parte del entrenamiento, pero no será aquí. Van a ir a su campamento militar, ¿cuánto tiempo, mayor?

–Cinco días –el mayor Brown esbozó una sonrisa que hizo que Andrés se echara a temblar.

Andrés tampoco supo a qué parte de la realidad pertenecía ese campamento. Pero estaba seguro de haberlo visto antes. Tanto el lugar como todo lo que sucedió en él. Desde tender su cama en las mañanas, lavar los excusados, escalar estructuras de cuerdas, pasar en medio de llantas colgadas, cruzar un fangoso pantano cargando una mochila enorme... en las películas de guerra siempre era así. Lo único que esperaba era que el cuartel de las Fuerzas Jocosas no fuera como lo que había visto de Vietnam o de las guerras mundiales, porque entonces la cosa no iba a estar nada divertida. El mayor no le caía nada bien a Andrés. Las veces que le hablaba era solamente para darle órdenes. Además, el entrenamiento resultó demasiado cansado. El mayor se la pasaba todo el día detrás de él, poniéndole ejercicios y duras tareas: en el poco tiempo que estuvo ahí, tuvo que lavar todos los excusados del campamento cuatro veces.

–Pero, ¿para qué? –se atrevió a quejarse Andrés en una de ésas–. ¡Nadie los usa!

–Muchachito insubordinado, ¿cómo le he enseñado a dirigirse a mí? –preguntó furioso el mayor.

–Perdón, quise decir: "¡nadie los usa, señor!"

–¡No importa! ¡Cállese y obedezca!

Lo que más le gustó a Andrés de su estancia ahí fue el último día, que dedicaron completo para que aprendiera a dar una patada voladora. Y, por fin, al anochecer, casi muerto de cansancio, logró hacer volar el saco de arena.

–Vaya, ya era hora –el mayor Brown lo mandó a dormir de mal humor.

Por fortuna, a la mañana siguiente regresaron a la bodega de la Asociación. Andrés había extrañado muchísimo a sus amigos; sin embargo, lo primero que hizo fue reclamarle a Rosalío que le hubieran puesto un entrenador tan estricto y poco comunicativo.

–¿Qué? –exclamó sorprendido éste–. ¡No me vayas a decir que no te gustó!

–Pues no mucho.

–Todo lo que te pasó en los últimos cinco días –empezó a explicar la voz del Jefe a través de las bocinas–, fue sacado de tu propia mente. La noche anterior al inicio de tus clases con el profesor Maravillas, tú soñaste con esto y estabas feliz. Soñaste al mayor Brown, soñaste el campamento y el entrenamiento. Nosotros lo transcribimos todo a la realidad sólo para complacerte. Siento mucho que no te haya gustado.

Andrés estaba anonadado. Recordó vagamente su sueño. Siempre le pareció que había visto todo eso antes y ahora comprendía por qué.

–¿Quiere decir que no era necesario que yo tomara este entrenamiento?

–Bueno –respondió el Jefe–, estrictamente necesario, no. Pero de algo te va a servir, eso puedes tenerlo por seguro. Todo lo que aprendas en esta vida tarde o temprano te va a servir para algo. De cualquier forma ahora estás preparado para la segunda parte de la misión. Como siempre, Rosalío Largo te dará las instrucciones precisas. Partirás mañana mismo.

–¿Partirás? –Andrés se extrañó por el singular–. ¿Lili no viene conmigo?

–No –dijo Lili que llegaba en ese momento–. A mí me conocen en ese sitio. No podemos arriesgarnos.

A Andrés se le encogieron un poco las entrañas al saber que esta vez no tendría compañía.

–No debes tener miedo –dijo el Jefe–. Tú has demostrado ser valiente y ahora estás preparado para lograr los siguientes objetivos. A partir de mañana tienes exactamente veinticuatro días para organizar el rescate. Al término de ese plazo los hermanos Cochupo irán en nuestro camión a recogerte, a ti y a quienes hayas logrado salvar. Todos te deseamos mucha suerte. ◆

Capítulo 12

◆ AL DÍA siguiente, como la primera vez, Rosalío Largo le dio a Andrés todas las indicaciones. La diferencia fue que esta vez se las dijo, no había papel de por medio.

–Esta vez sólo hay un objetivo –explicó–. Los medios que uses los vas a escoger tú. Gracias al contratiempo del pantano nos dimos cuenta de que eres inteligente y sabes decidir bien. Este plan te ayudará, sobre todo, para asegurar tu entrada a las Fuerzas Jocosas, pero una vez ahí todo queda en tus manos. Tienes que contar bien los días que faltan para que vayamos a recogerte. Si te confundes, todo estará perdido, ¿comprendes?

–Comprendo –suspiró Andrés.

Rosalío Largo se aproximó al mueble donde alguna vez los hermanos Cochupo le prepararon aquel inolvidable almuerzo y de una de las puertas sacó un atuendo de lo más extraño. Constaba de un taparrabos, una capa y un penacho muy coloridos. Como accesorios, pulseras de cascabeles para muñecas y tobillos. Andrés lo miraba incrédulo.

—¿Y eso? —no tenía ganas de oír la respuesta.

—Esto es tu traje —respondió tranquilamente Rosalío—. Vas a ser un danzante.

—¿Qué qué? —bramó Andrés—. Ustedes deben de estar locos de remate. ¿No viste el ridículo espantoso que hice bailando con el profesor Maravillas?

—Claro que lo vi. Todos lo vimos y precisamente por eso es que vas a ser un danzante. Es lo que peor te sale. Así es que no costará ningún trabajo que los rastreadores de las Fuerzas Jocosas den contigo y te apresen.

—¿Y dónde tengo que bailar?

—En las esquinas de la ciudad. En cualquiera, pero necesitas abarcar varios sitios. Poco a poco te darás a conocer, todo el mundo sabrá que eres el peor danzante de la ciudad. Tarde o temprano los de las Fuerzas Jocosas irán por ti.

—¿En las esquinas? ¿En la realidad? —preguntó angustiado Andrés y agregó, tumbándose en la silla—: Creo que voy a presentar mi renuncia.

—Demasiado tarde, mi amigo —Rosalío le palmeó la espalda—. Pero no te preocupes, vas a estar en el mundo real, pero bien disfrazado para que nadie te reconozca. Va a ser divertido, ya verás. Mientras tanto, podrás ir a comer a la fonda del Salchichón, y dormirás en la casa de Madame Salgar.

—¿Tardarán mucho los de las Fuerzas Jocosas en capturarme?

—Eso depende de qué tan mal bailes —dijo Rosalío, y a continuación se sentaron los dos a trazar el plan de rescate. Andrés tuvo que poner mucha atención, puesto que no podía llevar consigo nada anotado, y a partir de entonces tampoco podía volver al recinto de la Asociación, para no despertar sospechas en los secuaces del Maestro de las Malas Artes, quienes no tardarían mucho en empezar a seguir sus movimientos para finalmente capturarlo.

La primera esquina que Andrés escogió fue la misma donde alguna vez se habían parado Lili y él a esperar al microbús fantasma. Se acercó a un puesto de periódicos para ver la fecha. Habían pasado apenas dos semanas desde aquel viernes de entrega de calificaciones. Le pareció extraño; creyó que había pasado mucho más tiempo. Claro que el tiempo no debía transcurrir igual en las distintas realidades. Ahora se alegraba de poder estar de nuevo en la suya. Lástima que fuera en estas circunstancias: se sentía tan ridículo disfrazado de danzante, todo pintarrajeado y con ese penacho en la cabeza. Aguantándose la vergüenza esperó el primer alto para bajar al arroyo y hacer sonar sus cascabeles sin ritmo por entre los coches. Lo hacía tan mal que la gente prefería no hacerle caso, aunque de cuando en cuando un alma caritativa se compadecía de su falta de gracia y le daba una moneda.

Para la hora de la comida Andrés tenía su nueva chamba de danzante como algo de lo más natural. Comía en la fonda del Salchichón y pasaba las noches en el departamento de Madame Salgar. Fuera de la Asociación, Andrés pudo verlos a ambos en su faceta de personas normales. El Salchichón era igual, pero Madame Salgar sin su vestido de adivina parecía abuelita de cuento. El Salchichón aparentaba no conocerlo porque así lo dictaban las reglas, pero siempre le tenía preparados sus platillos favoritos. Madame Salgar le acondicionó un sofá cama y antes de dormir le contaba historias de la Asociación y de su vi-

da como adivina. No se la estaba pasando tan mal; incluso había empezado a disfrutar su trabajo de danzante.

Una mañana se le ocurrió pararse en la esquina de Baja California y Culiacán. A eso de las doce, cuando había juntado como cuatro pesos y le dolían los pies, se sentó en una bardita a ver pasar los coches. De pronto, en el tercer carril, vio nada menos que el coche de su mamá deteniéndose para esperar el siga. Ya antes se había confundido, porque su mamá tenía un coche muy común, pero esta vez estaba seguro de que era ella la que venía dentro. Se puso de pie con intención de correr hacia allá, pero no pudo. Su cuerpo se paralizó por completo, parecía como si tuviera los pies empotrados en el pavimento. Tampoco podía mover los brazos, ni abrir la boca, así que no le quedó más remedio que buscarla con la mirada; tuvo unas ganas inmensas de llorar y no se las aguantó. Su mamá estaba vestida de negro, muy pálida y delgada, y miraba hacia todos lados como tratando de encontrar algo. Andrés sabía muy bien qué era ese algo. Al ver los ojos tristes de su mamá, luchó como desesperado contra esa fuerza que mantenía sus pies pegados al piso y le impedía abrir la boca para gritarle que todo estaba bien, que no se preocupara ni estuviera triste; pero no logró hacer el menor movimiento ni emitir ningún sonido, hasta que de pronto sus miradas se cruzaron brevemente. Un instante después, el propietario del automóvil que venía detrás tocó el claxon con insistencia. El auto de su mamá se puso en marcha y pronto se perdió entre el tráfico. Hasta entonces Andrés quedó libre de sus invisibles ataduras.

–¡Mamá, mamá –gritó, corriendo por la banqueta–. ¡Soy yo, mamá, estoy bien!

Pero el coche de su mamá ya estaba demasiado lejos como para que ella pudiera oírlo. Y tampoco pudo seguir corriendo porque se le emparejó una carcacha vieja que él ya conocía y de la cual salió Viriato Cochupo y lo metió a fuerzas.

—¡Era mi mamá, está muy triste! —les dijo llorando a los hermanos, que lo miraban conmovidos.

—Sí, Andrés, era tu mamá —Ubaldo no lo miró porque venía manejando—. Pero no puedes hablar con ella, ni con nadie que te conozca. Echarías a perder todo el plan.

—Y todos los esfuerzos que has hecho hasta ahora se perderían —continuó Viriato, hablando con ternura—. Tu familia está muy triste y todos quisiéramos que no fuera así, pero no hay otro remedio.

—Piensa que muy pronto vas a volver a verlos, pero para eso tienes que seguir con el plan al pie de la letra. Vamos a llevarte a alguna zona lejos de tu casa, donde no haya el riesgo de que lo que acaba de suceder se repita.

Ubaldo siguió manejando por zonas que Andrés no conocía.

A partir de ese día Andrés tuvo que comer y dormir en la casa de los hermanos Cochupo, lejos de la zona donde él vivía. Era un caserón que parecía abandonado, pero por dentro era acogedor. No fue por mucho tiempo, ya que el segundo día que estuvo con ellos, después de desayunar unos huevos fritos con mermelada de fresa (los hermanos Cochupo cocinaban muy mal), se dirigió a la calle a empezar su jornada dancística. Antes de llegar a la esquina donde se había establecido, junto a él se detuvo una lujosa limosina negra. Se asomó al interior del vehículo y le extrañó mucho ver un chofer con gorrito de payaso. De las puertas traseras descendieron dos tipos parecidos, con gorritos iguales. Tomaron a Andrés uno de cada brazo y lo metieron al coche.

–Buenos días, jovencito –le dijo un anciano narigón, muy blanco y arrugado, vestido de esmoquin.

Estaba nada menos que frente al Maestro de las Malas Artes en persona, quien sonreía satisfecho ante la presencia del nuevo prisionero. Andrés no dijo nada, desde el principio supo quién era ese señor. Lo que no sospechaba es que le fuera tan bien haciendo malas artes; ese automóvil parecía muy costoso. Andrés ejerció entonces por primera vez como actor. Hizo cara de susto y aparentó ponerse nervioso, hasta que de pronto el Maestro sacó de debajo del asiento una sartén y le dijo muerto de risa:

–Buenas noches, jovencito.

Y le dio un tremendo sartenazo que lo hizo ver estrellas y luego perder el sentido. ◆

Capítulo 13

◆ ANDRÉS despertó adolorido y se tocó la frente. Sintió un bulto latir bajo su piel, que le dolió más cuando trató de sobarse. Se encontró en el suelo de una celda cuyas paredes estaban cubiertas de espejos. Era como un estudio de ballet en miniatura. Andrés se paró algo mareado y fue a mirarse al espejo. Hacía tiempo que no se veía en uno. Estaba más delgado y con el pelo más largo, casi tanto como para alcanzar a hacerse una colita, como el sargento Cienfuegos o Viriato Cochupo. Era extraño, sin embargo, ya que habían pasado sólo dos semanas. Pero Andrés ya no se sorprendía de las cosas que ocurrían en esos lugares. Lo que sí le sorprendió fue el enorme chipote morado que adornaba el centro de su frente, que parecía estar latiendo de verdad, y también la cicatriz que le había dejado la saliva del chofer del microbús fantasma.

Andrés ya sabía cuáles eran los pasos a seguir, pero una vez más repasó mentalmente todo el plan. Llamó hacia afuera a través de la pequeña ventana enrejada de la puerta.

–¿Hay alguien ahí? –gritó.

La cara gorda y barbuda de un guardia se asomó muy sonriente por la ventana. Los guardias de las Fuerzas Jocosas se parecían muchísimo. Todos eran gordos y barbones. Vestían una camiseta blanca de manga corta, unas bermudas amarillo limón y traían en la cabeza un gorrito de payaso.

–Yo mero –dijo el guardia sonriente–. ¿Qué quieres?

–Quiero saber dónde estoy, quién es usted y para qué me trajeron aquí.

–Aaah, entonces es hora de que vayamos a ver al Maestro.

El guardia le abrió la puerta y caminaron por un largo pasillo. Al final estaba el elevador que los subió siete pisos para llegar a la oficina del Maestro. Al entrar lo encontraron carcajeándose frente a un televisor. Andrés trató de ver qué lo hacía reír tanto, pero no pudo; cuando se acercaron él apagó el aparato con un control remoto.

–Vaya, vaya. Aquí tenemos al prisionero Ciento Cuarenta... nuestro bailarín estrella –dijo el Maestro.

–¿Quién es usted? ¿Dónde estoy?

–Yo soy el Maestro de las Malas Artes y estamos, mi poco agraciado amigo, en los Honorables Cuarteles Generales de la Fuerzas Jocosas.

–Aaaah –exclamó Andrés–. ¿Por qué me trajeron?

–Aquí tienes tu futuro asegurado. Yo necesito un mal bailarín y tú eres de los peores que he visto en mi vida, te lo aseguro. El día que llegues a ser el peor de todos, entonces podrás regresar a tu casa. Mientras tanto, podemos hacer grandes cosas juntos.

–Vaya, suena bastante bien –fingió Andrés.

–Desde que te vi en la calle supe que pertenecías a este lugar –el Maestro habló solemnemente.

–Y usted no ha visto nada –contestó Andrés muy seguro de sí mismo y se puso a tararear una melodía espantosa, y a bailarla bastante peor. El pobre de verdad carecía de ritmo, y ahora que estaba poniendo todo su empeño en hacerlo mal, parecía un hipopótamo brincando sobre tachuelas. El Maestro y el guardia se le quedaron viendo con semblantes muy serios hasta que Andrés empezó a ponerse nervioso y se detuvo. El Maestro se acercó a él y mirándolo con sorpresa le dijo:

–Es lo más espantoso que he visto en mi vida. –Después, como para sí mismo, murmuró–: Perfecto...

–No crea que es lo único que puedo hacer –Andrés recobró la confianza–. También sé contar chistes.

–Cuenta alguno, pues –el Maestro estaba entusiasmado.

De momento Andrés no podía contarle el chiste del Anciano Desertor, porque seguro lo haría sospechar, así es que le contó uno que segundos antes había inventado:

–Ahí tiene que está la madrastra de Blancanieves frente a su espejo y le pregunta: "Espejito, espejito, ¿quién es la más hermosa?" Y el espejito dice: "Cenicienta".

–Es malo –dijo el guardia.

–Lo es, en efecto –el Maestro no cabía en su sorpresa y le pidió a Andrés que saliera; él obedeció y cuando cerró la puerta el guardia fue el primero en hablar:

–Uy, jefe, a éste no necesita tenerlo aquí... su cerebro ya está echado a perder.

–No sé –respondió el Maestro, pensativo–. Es un elemento valioso. Esta noche decidiré si su baile y su chiste son suficientes para darle la libertad. Mientras, llévalo a su celda y vigílalo bien.

–Tienes suerte –le dijo el guardia a Andrés en el camino de regreso a la celda–; a lo mejor esta misma noche te puedes ir de aquí.

En ese momento supo Andrés que tenía que contar el chiste del Anciano Desertor antes de que el Maestro decidiera que podía quedar en libertad. Así es que apenas al llegar a la celda, gritó:

–¡Tengo otro chiste! ¡Vamos de vuelta con el Maestro!

A este guardia no le simpatizaba Andrés. Era el único guardia de las Fuerzas que tenía nombre, porque el Maestro lo había escogido para ser su asistente personal: se llamaba Óscar Rendón; sin embargo, alguno de los prisioneros, en un intento de hacer un chiste, le suprimió el nombre de pila dejándole sólo la inicial, de modo que era conocido por todos como O. Rendón. Y es que era, a decir verdad, bastante feo. A él y a todos los guardias les gustaban los prisioneros asustadizos y llorones, a los que se pudiera intimidar, y Andrés no parecía ser de ésos. Pero no tuvo más remedio que obedecerlo, porque el Maestro decía que en cuanto algún prisionero pidiera audiencia debían conducirlo ante él de inmediato. Sabía que la inspiración se esfumaba con facilidad.

Encontraron al Maestro jugando billar. Parecía muy concentrado, y O. Rendón esperó que efectuara su jugada para no interrumpir. Su tiro, como de costumbre, falló: varias bolas sa-

lieron de la mesa y rodaron por el piso. El viejo refunfuñó molesto.

—El nuevo tiene otro chiste —anunció O. Rendón.

Andrés se acercó al Maestro y le contó al oído el chiste del Anciano Desertor. El guardia veía con desconfianza cómo los ojos del Maestro se abrían mostrando su sorpresa. Cuando Andrés terminó, el Maestro lo tomó por los hombros y le dijo:

—Muchacho, ése es el peor chiste que he oído en mi vida y tú eres justamente lo que he estado buscando durante mucho tiempo. —Y luego, dirigiéndose a O. Rendón, declaró—: A partir de hoy este chico será mi asistente personal. Vamos a darle la habitación del piso seis.

—¡El piso seis! —O. Rendón trató de ocultar su furia—. ¿Está seguro, Maestro?

—Nunca antes había estado tan seguro de nada —sentenció el

Maestro–. Llévalo ahí y prepara un memorándum donde se avise a todos del nuevo miembro de nuestra familia.

Luego se acercó a Andrés, le dio unas palmadas en el cachete y le dijo:

–Hijo mío, tienes un nuevo hogar.

–Gracias, Maestro –Andrés hizo una reverencia, mientras O. Rendón lo miraba disgustado.

Y no por nada se enojó O. Rendón. Todos sabían lo que pasaba cuando el Maestro conseguía un asistente nuevo que no fuera un guardia. Significaba que ya no sólo sería el Maestro quien diera las órdenes. Andrés tuvo esa facultad, además de muchas otras. No era un prisionero más, era nada menos que el protegido del Maestro, y tenía todos los privilegios a los que cualquier residente de las Fuerzas Jocosas podía aspirar, empezando por la habitación del piso seis, que era grande y cómoda; no tenía nada que ver con las horribles celdas de la planta baja donde vivían los prisioneros, y las habitaciones de los guardias no eran mucho mejores que ésas. En el dormitorio del piso seis había una cama enorme, pantallas de televisión por todos lados y un buen equipo de sonido; la decoración era similar a la de la oficina del Maestro: globos, serpentinas, cuadros de payasos y carteles de las películas producidas por las Fuerzas. Y todo aquello era una especie de edén para los habitantes de ahí. Pero para Andrés no. Él extrañaba su cuarto, su cama, sus libros de cuentos, su pequeña grabadora... en fin, su mundo. Pero, por otro lado, cada vez estaba más cerca de completar la misión y poder volver a casa. Eso le renovaba el entusiasmo para seguir adelante, aunque aún faltaban dieciocho días para que el camión de la Asociación llegara por él, según indicaba su barriga. Es que, a falta de calendario, se pintaba una rayita en la panza por cada día que pasaba, lo cual representaba un serio problema para bañarse, ya que era difícil evitar que cayera el agua y se lo despintara. Pero aprendió a bañarse como un verdadero contorsionista y así mantener a salvo la cuenta de los días.

Después de instalarse en su nueva recámara, y enfundarse en su uniforme de asistente —unas bermudas bombachas de bolitas de colores, una playera de carita feliz y unos zapatos verdes terminados en punta—, Andrés subió de nuevo a las oficinas del Maestro, quien lo mandó llamar para que bailara otra vez y observó su horripilante desempeño muy complacido. Cuando terminó, el Maestro le platicó acerca de la misión de las Fuerzas Jocosas y de los sistemas que se utilizaban para conseguir sus objetivos. Él escuchó muy atento la explicación.

—Ojalá todos dejaran de pensar —dijo finalmente.

—Algún día, muchacho, algún día —suspiró el Maestro—. Tarde o temprano los cerebros de los humanos dejarán de funcionar. Nuestro trabajo es traer prisioneros aquí, obligarlos a hacer tonterías hasta que queden perfectos para volver a su mundo a contribuir con nuestra causa.

—Brillante, Maestro —Andrés aparentaba admiración—. Si es posible, me gustaría ver a los prisioneros.

—Claro que los verás. ¿Cuál crees que va a ser tu trabajo? Precisamente verificar que todos estén haciendo mal las cosas y, de no ser así, echarles una mano. Ya demostraste ser lo suficientemente tonto e insensible como para hacerlo.

Andrés no pudo evitar ofenderse al oír esto último, pero se guardó de demostrarlo. En el último de los casos, eso significaba que había estado actuando bien. Pero su trabajo no iba a ser nada fácil: primero tenía que ocuparse de cada prisionero. A los que tuvieran la mente ya muy averiada, tratar de hacérselas funcionar de nuevo. A los que no, convencerlos de que su libertad no les serviría de nada siendo inútiles e ignorantes. En suma, lo que tenía que hacer era armar una revolución desde dentro de las Fuerzas Jocosas, además de encontrar al Mago Damián para que rompiera el hechizo y Lili pudiera volver a casa.

Desde que llegó, Andrés trató de encontrar a Isabel. Pero aquello parecía un laberinto. Preguntar por ella hubiera sido delatarse, y aunque los guardias eran bastante brutos, prefirió no correr riesgos.

Pero he aquí que uno de estos días, cuando Andrés estaba en la oficina del Maestro planeando con él una coreografía, entró O. Rendón, seguido nada menos que por Isabel; venían también el Ciento Uno, Ana y María, sus compañeros de la película. Andrés se sobresaltó muchísimo, tenía que evitar que Isabel lo reconociera y los metiera en un lío. Abrió uno de los cajones del escritorio del Maestro y encontró una nariz de goma roja. Se la puso justo a tiempo, antes de que el Maestro dijera:

–Mi querido asistente, te presento a un conjunto de prisioneros que nos traen algunos adelantos de su trabajo, ¿verdad?

–¿Qué están haciendo? –Andrés hizo una voz gangosa ayudado por la nariz de goma.

–¿Y este payaso quién es?

Isabel se volvía cada vez más confianzuda con el Maestro, con los guardias y, por lo visto, ahora con Andrés.

–Es mi nuevo asistente personal –contestó el Maestro denotando orgullo. Andrés mantuvo la cabeza baja, miraba sólo de reojo a Isabel y a los otros chicos. Después el Maestro presentó a los muchachos por sus números de prisionero, agregando al presentar a Isabel "nuestra más rebelde prisionera". A Andrés no le cabía la menor duda: esa chica nunca se había caracterizado por su docilidad.

–Encantado –dijo, y como única respuesta recibió miradas de desprecio. Era lógico, ninguno de los prisioneros podía apreciar en lo más mínimo a alguien que mereciera ser el asistente personal del Maestro. Isabel, sin embargo, lo miraba fijamente; había encontrado algo familiar en él y estaba tratando de identificarlo. Andrés se dio cuenta y no volvió a dirigirle la mirada ni una vez. El pelo largo y la nariz de goma le ayudaban, pero Isabel lo conocía muy bien como para despistarse tan fácilmente.

–A ver, ¿qué me traen de nuevo? –preguntó el Maestro, de buen humor.

–No mucho –Isabel no perdió su altanería–. La película se va a tratar de un científico loco.

–Oh, un argumento trillado, magnífico... ¿y luego?

–Y luego nada, eso es todo lo que tenemos.

–¡No puede ser! –gritó el Maestro, ahora de mal humor–. ¡Los tengo trabajando todas las tardes, y ¿para qué? ¿Para que después de una semana me entreguen *eso*? –Después, dirigiéndose a O. Rendón, dijo furioso–: Vamos a tener que aplicarles algunos toques, a ver si así se ponen a trabajar con más ganas.

Isabel y las niñas no se asustaron, porque no tenían idea de qué estaba hablando el Maestro, pero el Ciento Uno se arrodilló y suplicó:

–¡No, toques no, por piedad!

Andrés tampoco sabía qué eran, pero supuso que nada bueno a juzgar por la reacción del muchacho. Pero no podía dejarse llevar por sus emociones, para algo tenía un diploma de actor.

–¡Toques sí, toques sí! –gritó brincoteando alrededor del Maestro–. Yo se los doy, Maestro, ¿sí? ¡Déjeme a mí, por favor!

O. Rendón lo miraba irritado. Aplicar toques había sido siempre su trabajo.

–Maestro, yo... –O. Rendón no pudo terminar, porque el Maestro, ignorándolo por completo, se acercó a Andrés y dándole cariñosas palmaditas en la cabeza dijo:

–¿El pequeñín quiere dar toques? ¡Bravo! –y luego se dirigió a los chicos–: ¿Ven? ¡Esto es lo que se llama un colaborador con iniciativa! Deberían aprender.

Después ordenó a O. Rendón que los llevara al cubículo de trabajo en grupo y que los encerrara ahí, porque en un momento bajaría su asistente a aplicarles el tratamiento. Él obedeció, triste y desganado.

–¿Y a ti qué te pasa? –le preguntó Isabel.

–Ese niño... ese niño tiene embobado al Maestro. Es un intruso, no es justo que lo tenga todo recién llegado –respondió casi llorando–. En cambio nosotros, que le hemos dado tantos años de fiel servicio...

–Sí, se ve que ese nuevo asistente es un asco –dijo Isabel, solidarizándose por primera vez con O. Rendón, sin tener idea de que ese asistente nuevo que le parecía un asco era el destinatario de una de las cartas que estaban escondidas bajo su colchón.

Una vez solos en el cubículo, Isabel hizo rápidamente un plan y se lo propuso a los demás: cuando llegara el asistente, que no era muy grande ni parecía muy fuerte, lo secuestrarían para pedir al Maestro su libertad a cambio de la de su bufón.

–Nos va a mandar a sus guardias –dijo el Ciento Uno–. Olvídalo, mientras estés aquí, es inútil que trates de luchar contra el Maestro. Él tiene todo el poder.

–No seas pesimista –le respondió Isabel–. ¿Qué crees que hemos estado haciendo estos días? ¡De algún modo estamos luchando contra él! Y por lo menos tenemos que hacer el intento. A lo mejor un día se cansa de nosotros y nos regresa a casa porque le damos problemas.

–Bueno, como quieras –dijo el Ciento Uno sin ningún entusiasmo. Isabel se dio cuenta de que no había servido de mucho ayudarlo. Aunque su cerebro ya funcionaba mejor, aún era apático, parecía que nada le importaba. Al contrario de las niñas, que escucharon el plan y les pareció perfecta la idea de secuestrar al asistente.

–¿Le puedo dar de cocos? –preguntó Ana, la pequeñita.

–¡Claro! –respondió Isabel y se colocaron en posiciones estratégicas.

Así que cuando Andrés abrió la puerta del cubículo, todavía con su nariz de goma y con el aparato de toques en la mano, quedó atrapado sin tiempo de decir nada: el Ciento Uno le quitó el aparato, Isabel lo sujetó de un brazo, María del otro y Ana comenzó a darle coscorrones que no le dolieron mucho, aunque tampoco era nada agradable recibirlos, especialmente cuando los daba en el chipote que le había provocado el sartenazo del Maestro. Pero, como le dijo el Jefe antes de su partida, todo lo que había aprendido le iba a servir para algo y, en ese momento, le sirvió el entrenamiento del mayor Brown: con un hábil movimiento, lo suficientemente delicado para no lastimar a sus captoras, se liberó de ellas y corrió a una esquina del cubículo, sobándose la cabeza.

–Ni creas que vas a salirte con la tuya, miserable –le dijo Isabel enojadísima, y se aproximó hacia él con pasos amenazantes.

–La miserable serás tú –dijo con su voz gangosa–. ¿Crees que está bien cortar a un novio sólo porque atrapa a otra niña jugando en el recreo?

Isabel se detuvo en seco. Los demás se miraron extrañados, ajenos a la pregunta.

–¿Cómo sabes tú eso?

–Pues fácil –Andrés se quitó la nariz de pelota–. Porque yo soy ese novio.

–¿Andrés? –preguntó Isabel, aunque ya lo había reconocido.

Se abrazaron muy fuerte, ante la confusión de María, el Ciento Uno y Ana, que no entendían ni jota. Isabel les explicó quién era Andrés, para que no creyeran que se había vuelto loca por abrazar al asistente del Maestro.

–¿Qué haces aquí? ¿Por qué trabajas para ese malvado? –le preguntó Isabel.

Andrés les dijo a todos que se sentaran y les contó su historia desde el principio. Ellos gritaban de cuando en cuando para hacer creer a O. Rendón que estaban recibiendo los toques.

—Esta vez estoy solo contra todos estos personajes —explicó Andrés cuando hubo concluido su relato—. Ustedes tienen que ayudarme.

—Estamos haciendo una película —intervino por primera vez el Ciento Uno—. Podemos decirle al Maestro que ya acabamos de escribirla, que ahora necesitamos actores, maquillistas, productor y todo eso. Así reuniremos más gente que nos apoye.

Isabel se alegró mucho. Ésa era una buena idea que además demostraba que el cerebro del Ciento Uno caminaba de nuevo.

—Me da mucho gusto que el Maestro no haya podido hacer nada contra sus mentes —les dijo Andrés—. Ustedes me ayudarán a reunir gente, y a ejercitar a quienes ya no les funcione bien el cerebro, para que vuelva a hacerlo. ¿Podrán?

–Claro que pueden –intervino el Ciento Uno–, lo hicieron conmigo.

–Mientras tanto, yo tengo que encontrar a un tal Mago Damián, tiene que volver conmigo para romper el hechizo que le hizo a una amiga mía.

–¡El Mago Damián! –exclamaron al mismo tiempo Isabel y el Ciento Uno–. ¿Lo conoces?

–Yo no, ¿ustedes sí?

–Yo sí. –El Ciento Uno le platicó de la redada del 76, la misma que antes le había relatado Lili.

–¡Lo tienen prisionero en la Torre Blanca! –dijo Isabel, contenta de poder prestarle la primera ayuda a Andrés.

–El Mago Damián hechizó a mi amiga para salvarla, pero la dejó chiquitita y no puede volver al mundo de ese tamaño.

El Ciento Uno intentó recordar algo que ayudara, pero se veía cansado de pensar, así es que Andrés ya no le preguntó nada. Se despidió de todos y se desearon suerte.

–Vendré en cuanto pueda –les prometió Andrés antes de salir.

–Oye, Andrés –dijo Isabel quedito. Él se volvió–: te he extrañado mucho.

Andrés sonrió un momento y al salir cambió su sonrisa por un gesto furioso. Azotó la puerta y le dijo a O. Rendón:

–Estos condenados prisioneros cómo son difíciles pero, ¡qué divertido es darles toques! ¿Eh, camarada?

Él sonrió sin ganas. ◆

Capítulo 14

◆ No FUE difícil conseguir la entrada a la Torre Blanca. Lo único que Andrés tuvo que hacer fue pedirle al Maestro la llave, misma que éste le dio sin mayores averiguaciones. Solamente le dijo que aprovechara para darle su tratamiento de toques.

–Mínimo cuatro, máximo los que te dé la gana; mientras más entorpecido esté su cerebro, mejor –le advirtió el Maestro.

"Pan comido" iba pensando Andrés durante su ascenso a lo alto de la Torre. Eran muchos pisos y no había elevador, así es que una vez más reconoció que tenía que agradecer la labor del mayor Brown.

El aparato de toques era una especie de lámpara portátil; de uno sus extremos salían dos cables que terminaban en ventosas de hule que se colocaban en las sienes del prisionero para luego apretar un botón. Sobra decir que Andrés no tenía la menor intención de usarlo.

Cuando entró a la celda, Andrés comprendió lo difícil que iba a ser volver al Mago a la realidad. El cuadro era desolador: él había imaginado al Mago Damián como un hombre joven y dinámico. En lugar de esto se encontró con un hombre joven, en efecto, pero del que ya sólo quedaba un cuerpo flaco y demacrado. El Mago estaba sentado en el suelo, con las rodillas encogidas, mirando fijamente. ¿Qué miraba? Nada. No había nada en ese cuarto. Sólo cuatro paredes blancas, altísimas, y una ventana diminuta desde donde se podían ver las rejas doradas que protegían la punta de la Torre. Andrés sintió un escalofrío.

–¿Mago Damián? –preguntó quedito. El Mago ni siquiera se movió, lo cual hizo sospechar a Andrés que no se daba cuenta de su presencia. Se acercó un poco más, pero el Mago siguió exactamente en la misma posición, con la vista clavada en un punto indefinido. Se puso en cuclillas de modo que sus ojos lo alcanzaran, pero Andrés sintió como si la mirada del Mago atravesara su cuerpo para perderse en el aire detrás de él. Dudó que fuera posible volver a hacer funcionar el cerebro del pobre Mago que, cuando menos en apariencia, estaba más que muerto. Andrés se sentó muy cerca de él y se puso a platicarle los motivos que lo habían llevado hasta ahí, con toda la calma posible, aunque al final se desesperó un poco, porque no logró provocar en el Mago ni un movimiento, ni una palabra. Vaya, ni una mirada, que con eso se hubiera conformado.

–No te preocupes, Mago, yo voy a venir aquí todas las tardes, voy a seguir platicándote cosas; vas a ver, vamos a terminar tú y yo como viejos amigos... Ya lo verás –dijo con un entusiasmo falso; en realidad, la visita lo había descorazonado mucho.

Pero no pensaba dejarse vencer. Aprovechando su condición de favorito, Andrés consiguió que el Maestro le diera en exclusiva la vigilancia del Mago y de la Torre Blanca, y así pudo volver cada tarde sin falta. Cuando ya no le quedaron anécdotas de su aventura le platicó las de su vida: cuando confundió la salsa de chile chipotle con pudín de chocolate, cuando se cayó de la cuna y se fue de cabeza al suelo, cuando lo operaron de las anginas, cuando se le declaró a Isabel y cuando lo cortó, en fin, hablaba sin parar durante la hora que duraba su visita, pero el Mago no daba señales de entender nada. Al cuarto día Andrés estaba a punto de perder todas sus esperanzas, pero insistía en contarle sus historias:

–Yo era muy chiquito, y mi mamá me llevaba siempre al súper. Un día, cuando ella estaba haciendo cola en la salchichonería, que me confundo y me agarro de la mano de otra señora que traía un vestido parecido al de mi mamá. Ella no dijo nada y yo no le vi la cara, hasta que de repente llega un niño todo lloroso, me da una patada, y me dice muy enojado: "¡ésa es *mi* mamá!" La señora volteó a ver a su niño, y yo volteé a ver a la señora y todos gritamos al mismo tiempo, hasta que llegó mi mamá a rescatarme, también toda llorosa... fue chistosísimo.

Mientras hablaba, Andrés no podía evitar carcajearse porque, aunque era una anécdota muy boba, como le había pasado a él le parecía muy graciosa. Aún no acababa de reírse cuando vio que el Mago Damián sonreía. Entonces se calló y se le quedó viendo. Un golpe de alegría lo invadió cuando el Mago le dirigió una mirada y se rió quedito, quedito.

A partir de entonces, el Mago hizo evoluciones sorprendentes. Por un lado ayudaba que ya no recibiera los toques. Según averiguó Andrés con el Ciento Uno, éstos no dolían, pero atarantaban de tal manera las neuronas que uno se iba volviendo lelo poco a poco.

–¿Matan las neuronas? –preguntó Andrés preocupado.

–No creo –respondió el Ciento Uno– porque si así fuera, yo ya no podría pensar. Supongo que sólo las atarugan de momento.

Y así era en efecto. Los progresos del Mago Damián lo demostraban. Pronto pudo reconocer a Andrés y recibirlo con muestras de alegría; después logró articular palabras simples, luego complicadas, y más tarde pudo formar frases con ellas. Empezó a recordar su pasado: la Asociación, el Jefe, los hermanos Cochupo y Lili. También recordó su libreta de hechizos, y al hacerlo se angustió: no tenía idea de dónde había quedado, y sabía lo peligrosa que podría resultar en malas manos.

–Seguramente ese anciano la tiene en su poder –dijo, y un temblor recorrió su cuerpo. Y el de Andrés.

Andrés gozaba de acceso libre a todos los rincones de las Fuerzas, pero el Maestro tenía en su oficina dos armarios cerrados con llave e iba a ser muy sospechoso que se la pidiera.

Además de que ya contaba con varios enemigos en las Fuerzas. Eran, por supuesto, los guardias –O. Rendón principalmente– que, celosos del favoritismo que mostraba el Maestro a cada momento con Andrés, se habían puesto de acuerdo para vigilarlo. Pero O. Rendón, a pesar de lo disgustado que estaba por su presencia en las Fuerzas Jocosas, sabía que ni él ni sus compañeros podían hacerle nada, pues de lo contrario se buscarían un enorme problema con el Maestro. Y es que, además de que Andrés se había convertido en el brazo derecho de éste, las cosas habían cambiado mucho en las Fuerzas Jocosas desde su llegada. Ahora, con el pretexto de la filmación de la película, los prisioneros tenían mucha más libertad de ir y venir, supuestamente para conseguir todo lo que hacía falta. Andrés verificaba por las noches que las celdas quedaran cerradas y también las abría por las mañanas, para evitar que los guardias descubrieran a alguno de los muchachos haciendo cosas ilegales, como leer, escribir, hacer ejercicios de matemáticas, etc. Todos los guardias, en consecuencia, se la pasaban aburridísimos, vagando sin nada que hacer, con mucho tiempo libre. Andrés sabía que podían usarlo para urdir planes en su contra; estaba consciente de que tenía que andar con mucho cuidado, porque a la primera sospecha harían lo posible por fastidiarlo.

Mientras tanto, Isabel y los muchachos trabajaban sin descanso en la película. El Maestro les dio toda clase de concesiones, acaso porque Andrés le habló muy bien del proyecto o tal vez porque una película de un científico loco le parecía lo suficientemente trivial como para cumplir con las especificaciones que debían tener las obras de las Fuerzas Jocosas. Así pues, todo marchaba de maravilla. Habían cambiado de director cuatro veces, la actriz principal se enfermó y tuvieron que disfrazar a otra para que se pareciera a aquella que se fue; hubo demoras porque no tenían de donde sacar un buey almizclero que exigía el argumento; en fin, todo pintaba para que el producto de aquel desorden fuera una verdadera porquería. Sin embargo, en todos los ratos libres los participantes en la producción (que para entonces ya eran los sesenta prisioneros) seguían haciendo ejercicios mentales, lo cual a la larga provocó que se les ocurrieran buenas puntadas y escenas divertidas, y aunque estaba saliendo algo muy raro, no podía considerarse exactamente como una mala película.

De esto tuvieron prueba cuando le enseñaron al Maestro los avances de la producción. Estaban en una sala oscura, y todos se reían como locos, no tanto porque los avances fueran muy divertidos, sino porque se acordaban de todo lo que había sucedido alrededor de la filmación y eso les daba mucha risa. Al final, cuando prendieron las luces, Andrés notó que el Maestro estaba pálido y temblaba un poco.

–¿Qué sucede, Maestro?

–No es posible –el Maestro habló con dificultad–. No es posible que haya ocupado todo mi ejército de prisioneros y mis equipos para esto.

–¿No le gustó?

–Está chistosa –dijo el Maestro y se tapó la cara con las manos–. ¡Pero no debe estarlo, ustedes no entienden nada!

El Maestro salió de la sala de proyecciones con muy mal semblante, dejándolos a todos de lo más confundidos. No le había gustado nada lo que vio. O, mejor dicho, sí le gustó y eso fue lo que no le pareció bien. Tanto que hasta se puso enfermo y fue a dar a la cama. Esto limitó mucho el campo de acción de Andrés ya que, en su condición de asistente personal, tuvo que permanecer a su lado. Pero también era una oportunidad de estar solo en su habitación, y en los ratos que dormía, pudo inspeccionar los cajones y compartimentos que no estaban cerrados con llave. Encontró lo que jamás hubiera esperado encontrar ahí: ¡una biblioteca! No demasiado grande, pero sí interesante: ahí estaban muchos de los libros que Andrés había leído: *La isla del tesoro, Tom Sawyer, Viaje al centro de la Tierra...* ¿qué hacían ahí? Andrés no tenía idea, pero se le ocurrió que podría hacer circular alguno de ellos para complementar los ejercicios mentales de los prisioneros. Después de mucho pensar y revisar los estantes llenos de libros, finalmente se decidió por *Las mil y una noches*. Eran historias cortas, lo cual facilitaría enormemente la circulación del libro: cada prisionero podía leer una y pasarlo; después, en las juntas, cada quien les hablaría a los otros de su lectura.

Con el libro escondido bajo su playera, Andrés se dispuso a salir de la habitación del Maestro. Él seguía dormido, y al verlo tan demacrado e indefenso, no pudo evitar sentir algo de lástima. Después de todo, el Maestro lo había convertido en su fiel servidor y le dio un lugar en ese mundo que no le gustaba nada, pero igual era bonito sentirse respetado, aunque fuera sólo por un montón de ineptos guardias. Andrés reflexionaba sobre esto cuando irrumpió en la recámara O. Rendón, provocándole un sobresalto y el libro, que no se había atorado bien en las bermudas, cayó al suelo ruidosamente, porque el volumen de *Las mil y una noches* era bastante gordo. O. Rendón se acercó a Andrés con su habitual sonrisa boba, que contrastaba con la mirada de odio que reflejaban sus ojos.

–¿Qué es eso? –le preguntó al tiempo que se agachaba. Andrés se puso muy nervioso. Si O. Rendón se daba cuenta de que estaba tratando de sacar ilegalmente un libro, él y los prisioneros que estaba tratando de salvar estarían fritos. Por suerte en ese momento el Maestro empezó a toser convulsivamente. O. Rendón se volvió para verlo y se acercó a él con una sincera preocupación. Andrés le dio una buena patada al libro y lo mandó debajo del librero.

–¡Gran Maestro! –dijo O. Rendón consternado–, ¿qué tiene, qué necesita?

–Un chiste, un chiste malo –el Maestro tenía la respiración entrecortada

–Consíguelo ahora, por piedaaaad.

O. Rendón cerró los ojos con fuerza, tratando de concentrarse para recordar un chiste malo, pero todos los que conocía los había oído en las Fuerzas Jocosas, y el Maestro también; O. Rendón sabía que lo peor que le podían hacer era contarle un chiste repetido. Miró a Andrés implorando ayuda. A pesar de todo Andrés tenía el corazón más bien blandito, y al ver al Maestro en ese estado, se esforzó por traer a la mente algo que lo ayudara a recuperarse, al menos de momento. Se acercó a su lecho y le habló despacio:

–Maestro, escuche: un día llega un señor a un restorán y le dice al mesero: "Me trae un bistec, por favor, pero sin papas".

El mesero se va y un momento después regresa y le dice: "¿Sabe qué?, se lo voy a traer sin chícharos, porque no hay papas".

La respiración del Maestro se regularizó. Tenía los ojos a medio cerrar, pero su mirada indicaba que el chiste lo había complacido.

–Bien, muchacho, ése es un chiste horrible.

Y dicho esto, se durmió plácidamente. Andrés le dijo a O. Rendón que saliera de ahí y éste obedeció porque tenía órdenes de hacerlo, pero no le gustó la idea, sobre todo porque el libro había despertado sus sospechas. Antes de salir le preguntó, señalando el sitio donde había caído:

–¿Y la cosa que estaba ahí?

–¿Cuál cosa?

–No, nada –O. Rendón miró atentamente el suelo, se rascó la cabeza y salió de la habitación.

Andrés recogió el libro y se lo volvió a guardar bajo la camiseta, cuidando de que esta vez quedara bien fijo por el resorte de las bermudas. Corrió al foro de filmación a dárselo a Isabel. Ella se encargó de hacerlo pasar de mano en mano, de mente en mente, maravillando a cada uno de los lectores. Tanto que el Ciento Uno, que en ese momento era el director de la película, tuvo la idea de intercalar escenas de danzas del vientre, camellos y dunas desiertas, lo cual no tenía nada que ver con científicos chiflados, pero a fin de cuentas todo ese proyecto era una vacilada.

Gracias al chiste de Andrés, el Maestro se recuperó parcialmente, pero siguió en cama, lo cual facilitó mucho el desarrollo de los planes; el Mago estaba casi recuperado por completo;

Las mil y una noches había tenido un gran éxito entre los prisioneros. Quien más disfrutaba las historias era la pequeña Ana.

Faltaban tres días para la fecha que había dado Rosalío cuando tuvieron un serio tropiezo. Ana le había pedido permiso a Andrés de quedarse con el libro un día más de los que le tocaban; cuando leía tranquilamente en el foro estaba tan abstraída, que no se fijó que uno de los guardias se aproximaba hacia ella. Los lectores tenían instrucciones de mantenerse alerta pero Ana, perdida entre princesas y sultanes, se olvidó por completo de la indicación. Los demás estaban ocupados preparando la escena de la explosión del laboratorio del científico loco, de modo que tampoco se percataron del peligro. El guardia se paró frente a ella y se le quedó viendo. Parecía satisfecho por haberla encontrado cometiendo un delito y, antes de decir nada, le arrebató el libro. Ana trató de correr hacia donde estaban sus compañeros, pero el guardia se lo impidió. La tomó de la muñeca con violencia.

−¿De dónde sacaste esto?

La niña palideció y se le trabaron las palabras, lo cual fue bueno porque si no, hubiera dicho la verdad, arruinando los planes de escape.

−Me parece que esto es un libro −prosiguió el guardia zarandeando a Ana−, y me parece que te lo robaste de la habitación del Maestro.

Ana permaneció en silencio y luego empezó a llorar.

−¿Sabes lo que te va a pasar cuando el Maestro se entere? −el guardia usó un tono siniestro, pero reía al mismo tiempo−. ¡Algo horrible! −gritó, provocando que Ana soltara un fuerte alarido.

Todos escucharon el grito de Ana. Andrés corrió hacia donde estaban; al ver la escena supo de inmediato lo que había ocurrido y su corazón empezó a latir aceleradamente. Por primera vez desde su llegada a las Fuerzas Jocosas sintió miedo. Ana trató de correr hacia él, pero el guardia la tenía bien sujeta. Andrés se llevó el dedo a los labios para indicarle que no hablara.

–¿Qué sucede? –preguntó aparentando indiferencia.

–Esta nena tiene un problemota –dijo el guardia contento–: se robó un libro de las habitaciones del Maestro, y eso no es todo, además ¡lo está leyendo!

–Yo me encargo de ella –dijo Andrés, esta vez tratando de parecer malvado.

–Ah, no... el Maestro nos ha dicho que si descubrimos un delito, lo primeritito que tenemos que hacer es llevar al culpable ante su presencia.

–Yo lo haré, soy el asistente personal del Maestro.

–Eso ya lo sé, pero yo la descubrí y yo me la llevo –el guardia apretó más el brazo de Ana–. El Maestro me va a dar dulces de premio.

Relamiéndose y arrastrando a Ana, el guardia se encaminó hacia las habitaciones del Maestro.

–¿Quién es? –preguntó el Maestro, que aún estaba en cama.

–Es la prisionera Ciento Treinta y Dos.

–¿Qué hacen aquí, no ven que estoy enfermito?

–La Ciento Treinta y Dos fue descubierta con las manos en la masa... o más bien con las manos en el libro –dijo el guardia riendo, como si su puntada hubiera sido buenísima.

–¿Qué libro?

–Ay, no sé, este grandote –dijo el guardia, que no podía saber de qué libro se trataba porque no sabía leer. El Maestro lo vio y se puso tan furioso que hasta trató de incorporarse, pero le faltaron las fuerzas.

–*¡Las mil y una noches!* –bramó–. ¡Este libro es de mi propiedad! ¿Cómo llegó a tus manos, prisionera?

–Lo agarré –dijo tímidamente Ana.

–¡Ladrona miserable, si algo no soporto es que alguien se meta en mis habitaciones y más si es para robarme...! –el Maestro estaba verdaderamente enojado–. ¿Cómo pudiste llegar hasta aquí?

–A pie –dijo Ana.

–Llévela a la Mazmorra del Miedo y déjela ahí hasta que convoquemos a junta extraordinaria para decidir su castigo –ordenó el Maestro al guardia–. Y después, venga por su premio.

El guardia jaló a Ana para llevársela a la mazmorra.

–Ah –dijo el Maestro exhausto, casi sin voz–, y después llame a mi asistente, necesito hablar con él.

La Mazmorra del Miedo se hallaba en el sótano de las Fuerzas Jocosas y era mucho peor que las celdas normales. Sin muebles ni ventanas y con temperatura de refrigerador. Ana estaba aterrorizada.

Una vez que encerró a la niña con tres llaves y la dejó llorando en completa oscuridad, el guardia le avisó a Andrés que el Maestro quería verlo. Él obedeció corriendo; era el único responsable de que Ana estuviera en semejante dificultad y tenía que encontrar la forma de resolverla. Entró con el guardia a la habitación del Maestro. Éste recogió su cono de dulces y recibió la orden de vigilar personalmente la Mazmorra del Miedo.

–¿Qué clase de vigilancia tiene mi habitación? –preguntó el Maestro a Andrés al quedarse a solas con él.

–Pues la de siempre, ¿no?

–Nada de eso –el Maestro empezaba a enojarse–. Tú tienes el inmenso privilegio de ser mi asistente personal y tu obligación es velar por mí. Esta tarde fue descubierto un delito: una enana cachetona robó uno de mis libros y la sorprendieron mientras lo leía.

–¿Una enana? ¿Libros? –Andrés sacó del bolsillo de sus bermudas un lápiz y un papelito.

–¿Qué demonios haces? –preguntó el Maestro, exasperado.

–Escribo, Maestro; todo esto es muy extraño y nos puede servir como idea para la película –Andrés hablaba como para sí mismo–. Brillante, una enana ladrona de libros.

–¡No me refiero a una enana enana, fue una prisionera joven de cachetes enormes! –chilló el Maestro.

–Oh, eso sí que está mal –exclamó Andrés y se quedó pensativo–. Pero, no entiendo, ¿qué clase de libro?

–Un libro mío, *Las mil y una noches*, que gente como tú por supuesto ni idea tiene de que existe.

–Pues la verdad no –mintió Andrés–. ¿Y para qué tiene esos artefactos aburridos y pesados?

–¿Para qué te imaginas?, ¡pues para leerlos! –contestó el Maestro–. ¡Pero el que los lea yo no significa que nadie más de aquí tenga derecho a hacerlo!

Andrés estaba estupefacto. De modo que el Maestro no era tan tarugo como él había pensado. No lo entendía, pero tampoco tenía tiempo de ponerse a indagar sus motivos. Además, mientras más preguntas, mayor riesgo de despertar sus sospechas.

–Bueno, allá usted. ¿Y qué hay de la culpable?

–Ahora está provisionalmente en la Mazmorra del Miedo, donde guardamos a aquellos que cometen delitos de primer orden.

–¿Como cuáles?

–Como robar, escribir o inventar cosas que no sean solicitadas por la dirección, o sea yo, insultar mi nombre y organizar partidas de ajedrez.

–Vaya... ¿Y qué piensa hacer con ella?

–Mañana por la mañana convocaré a una junta extraordinaria con los guardias y los prisioneros más selectos para decidir si la nulificamos.

–¿La nulificamos? ¿Cómo está eso?

–Se descarga el aparato de toques con una corriente especial que atrofia definitivamente las neuronas del prisionero.

–¿Y luego? –Andrés trató de ocultar su pánico.

–Y luego nada, del prisionero no queda más que un cuerpo con un cerebro inservible... para siempre –el Maestro se cubrió la cara con las sábanas–. Ahora sal de aquí y déjame dormir, que los corajes me cansan mucho. ◆

Capítulo 15

◆ ANDRÉS empezaba a desesperarse, en primera porque por su culpa Ana estaba en un gravísimo peligro, y en segunda porque faltaban sólo tres días para que arribara al rescate la camioneta de la Asociación. Aún tenía que encontrar el libro de hechizos del Mago Damián. Pero ¿cómo saber dónde estaba? y lo peor: ¿aún existía?

Antes de seguir con esa búsqueda, Andrés debía encontrar la forma de ayudar a Ana y evitar que dijera la verdad. Pensó y pensó, hasta que al fin tuvo una idea. Corrió al foro a encontrarse con Isabel, quien esperaba ansiosa alguna noticia.

–¡Isabel, tienes que ayudarme!

–Claro, lo que sea.

Andrés le contó a grandes rasgos el triste destino que le aguardaba a Ana si no hacían algo para evitarlo.

–¡Cielos! –exclamó ella compungida–. ¿Qué debo hacer?

–Tienes que cometer un delito para que te encierren en la Mazmorra del Miedo, que es donde tienen a Ana.

Isabel guardó un largo silencio que le reveló a Andrés que ésa no le parecía una estupenda idea.

—¡Por favor, Isabel, tenemos que evitar que Ana se asuste demasiado y nos delate! Yo sé que fue mi culpa y si pudiera remediarlo yo solo, lo haría. Pero no puedo, tienes que ayudarme.

—¿Qué debo hacer? —preguntó Isabel después de otro largo silencio que utilizó para reflexionar y darse cuenta de que debía hacer lo posible por llevar adelante los planes.

—Tienes que cometer un delito de primer orden: robar, escribir algo que no sea lo que se te ordenó, insultar al Maestro o jugar ajedrez.

—No sé jugar ajedrez —Isabel hizo una pausa—. Pero desde que llegué aquí he escrito cosas que nadie me ha ordenado... algunas cartas y un par de cuentos.

—¡Perfecto! —Andrés la abrazó.

—¿Y si me secan el cerebro? —preguntó Isabel haciendo un puchero.

—Eso no sucederá —dijo él convencido—. Vine aquí a rescatarte a ti y a todos los demás y no me voy a ir sin haberlo logrado.

Se dirigieron a la celda de Isabel a recoger sus textos y ensayaron un poco antes de entrar en la habitación del Maestro. Andrés tomó a Isabel del brazo y la arrastró ante la presencia del viejo, que aún dormía.

—¡Maestro, Maestro, traigo a una infractora de primer orden! —gritó Andrés, espantando el sueño del Maestro, quien se destapó con cara de pocos amigos, como la que suele hacer la gente cuando la despiertan a gritos.

—¡Y ahora qué? —gruñó.

–¡Es la prisionera Ciento Veintidós! La interrogué para investigar el delito de la enana y me confesó que comete delitos de primer orden desde que llegó aquí. Tengo la evidencia –Andrés le dio al Maestro los papeles de Isabel.

–¿Qué significa esto? –le preguntó a Isabel.

–Significa que yo no puedo perder mi tiempo pensando en sus estupideces, que este lugar me parece una verdadera basura, incluyéndolo a usted, y que haría lo que fuera por salir de aquí y no volver a verlo a usted ni a su majadero asistente nunca más –Isabel hablaba a gritos y manoteaba.

Andrés trató de buscar su mirada para decirle que se estaba pasando de la raya, pero ella sólo miraba al Maestro con ojos furiosos. Pensaba que, al fin y al cabo, si la vida la había puesto en ese camino, no iba a desaprovechar la oportunidad de dejarle saber la opinión que tenía de él.

–Ya son *dos* delitos de primer orden: me has insultado.

Andrés nunca había visto al Maestro tan enojado y solamente rogaba en silencio que a Isabel no se le ocurrieran más cosas que gritarle y que le hicieran la nulificación ahí mismo.

–Llévatela a la Mazmorra del Miedo con la otra prisionera –ordenó el Maestro a Andrés y prosiguió jubiloso–. ¡Vaya, un juicio doble! Estupendo, creo que no habíamos tenido semejante acontecimiento en la historia de nuestras honorables Fuerzas Jocosas.

–Todo va a salir bien, tienes que confiar en mí –dijo Andrés a Isabel en el camino hacia el sótano.

–No me queda de otra –ella le apretó la mano con cariño.

El guardia que cuidaba la Mazmorra del Miedo se puso muy contento cuando supo que iban a tener un juicio doble. Andrés y él comentaron lo buenos que eran los juicios y las ejecuciones de cerebros, mientras Isabel entraba en la fría celda y le decía a Ana en voz bajita:

–Soy yo, Isabel, vine a acompañarte para que no estés sola en este lugar tan feo.

Ana se abrazó a ella con fuerza y se echó a llorar amargamente.

–Eres muy valiente, hiciste bien en no delatar a Andrés –dijo Isabel con ternura.

Ni siquiera podían verse a causa de la falta de luz. La Mazmorra del Miedo de verdad lo infundía. Isabel se sentó en el suelo y colocó a Ana en sus piernas. La niña estaba helada, pero se dieron calor mutuamente y pronto se quedaron dormidas.

Esa noche Andrés no pudo dormir pensando en lo mal que Isabel y Ana se la debían estar pasando, y también en la forma como podía evitar que les hicieran la nulificación. Las ideas se

le vinieron a la mente tal y como los alumnos salían al recreo cuando tocaba el timbre: presurosas y desorganizadas. Pero, entre todas, Andrés pudo distinguir dos que parecían buenas. De modo que en piyama y a medianoche salió corriendo hacia la Torre Blanca. El Mago Damián estaba dormidísimo. Andrés lo sacudió de los hombros. Despertó amodorrado y le costó un poco de trabajo despabilarse. Una vez que lo hizo, Andrés le preguntó:

–¿Te acuerdas de algún hechizo que venga en tu libreta?

–¿Un hechizo para qué? –el Mago tenía los párpados aún a la mitad.

–Para lo que sea, cualquier hechizo: uno del que te acuerdes bien.

–Bueno, había uno –recordó el Mago haciendo cierto esfuerzo–. Era para convertir a una persona en bebé. Era divertido hacerlo, recuerdo cuando se lo hicimos a Viriato Cochupo...

–Grandioso –Andrés no dio oportunidad al Mago de seguir contando la anécdota –. ¿Y si se hace el hechizo, se puede deshacer después?

–Sí, por supuesto, lo malo es que no me acuerdo bien ni cómo se hace ni cómo se deshace.

–Eso déjamelo a mí –dijo Andrés y salió de la celda.

La parada siguiente fue la habitación del Maestro, quien también dormía. Andrés lo despertó del mismo modo que al Mago, pero éste reaccionó menos favorablemente.

–¿Qué diablos pasa, no te das cuenta de la hora?

–Sí, Maestro, pero nosotros seguimos trabajando en el foro y tenemos una urgencia.

–¿Qué urgencia?

–Necesitamos un bebé para hacer una parte importantísima de la película.

–¿Y de dónde quieres que saque yo un bebé? –preguntó el Maestro de muy mal humor.

–No sé, Maestro, piénselo un poco. Sería una pena que por no tener un bebé a la mano echáramos a perder un trabajo que nos está quedando tan mal.

–¿De verdad está quedando mal? –ahora parecía interesado.

–¡Claro! Desde que usted nos dijo que no iba tan mal como debía, retorcimos el argumento, todos se pusieron a actuar peor y la película va a ser horrorosa, yo se lo aseguro. Pero para que quede lo más mala posible, necesitamos un bebé: sucede que el científico loco tiene un error, se convierte en bebé y hace dos o tres desastres bastante tontos en su laboratorio.

Al oír esto, el Maestro se incorporó. Él había leído la libreta del Mago innumerables veces y se había pasado tardes enteras practicando los hechizos, que en su mayoría no le salían porque, para que alguien sea mago, debe tener un don especial que el Maestro no tenía.

–Creo que podemos solucionar lo del bebé.

De los pantalones de su piyama, el Maestro sacó la vieja libreta. Las hojas ya eran amarillas y se notaban reparaciones con cinta adhesiva en las pastas y en algunas hojas.

–¿Y eso qué es? –Andrés ya sabía de lo que se trataba.

–Es una libreta de hechizos. Me parece que aquí viene un hechizo para convertir a alguien en bebé.

–¿Usted sabe hacerlos?

–A veces me salen, pero es mejor que trates de hacerlo tú mismo; así, si no sale, será culpa tuya.

"Ya la hice", pensó Andrés y le pidió la libreta al Maestro.

–No, no puedes llevártela. Sería fatal que cayera en manos de alguien más. Mejor toma un papel y un lápiz y apunta.

Andrés apuntó el hechizo. Por lo menos ya sabía dónde guardaba el Maestro la libreta. No era un lugar fácil, pero ya encontraría la forma de apoderarse de ella. Le dio las gracias al Maestro, que se cubrió de nuevo la cabeza con la sábana y empezó a roncar ruidosamente. Antes de salir, Andrés verificó la segunda cosa en la que había pensado en su cama: en efecto, en el buró de la esquina de la habitación del Maestro había un teléfono. Pensó que si había podido llamar a Madame Salgar desde un teléfono celular, quizá desde el teléfono de la recámara del Maestro podría hacerlo igual. Y también vio en el buró algo que llamó su atención: eran los manuscritos de Isabel. No resistió la curiosidad de echarles un vistazo; y cuando llegó a la hoja que empezaba diciendo "Andrés:", tampoco pudo evitar leerla.

Andrés:
Si un día puedo contarte lo que me ha pasado, no me lo vas a creer. Estoy prisionera en un lugar muy feo que ni siquiera sé dónde está. Me tienen encerrada en un cuarto donde hace frío, y me obligan a inventar chistes malos...

Andrés ya se sabía esa historia, y dejó correr su vista hasta que se topó con al principio del último párrafo, que decía así:

Me he dado cuenta de que fui muy tonta cuando te corté, porque tenías razón de atrapar a Malú si estaba más cerca. También me he dado cuenta de que la persona que más extraño después de mis papás eres tú. Y te prometo que si algún día me sueltan y me dejan volver a mi casa, lo primero que voy a hacer es pedirte que seamos novios otra vez porque te quiero mucho.

Isabel

Andrés se quedó parado en medio de la habitación recordando los buenos ratos que había pasado con Isabel: tantos recaditos en clase, tantos sándwiches compartidos en felices recreos...

La rasposa tos del Maestro lo volvió a la realidad. Dobló su carta y la metió en el bolsillo de sus bermudas; además de que quería conservarla, era una evidencia que los podía poner en riesgo. Dejó las demás hojas en el sitio de donde las había tomado y regresó a su cuarto. Sentía como si esa carta le hubiera dado nuevas energías para seguir adelante. Ahora tenía un motivo más para regresar a su mundo: volvería a ser novio de Isabel.

Se tumbó en su cama, apagó la luz, y tuvo que sacar a fuerzas de sus pensamientos la imagen de Isabel, que se empeñaba en quedarse allí. Pero tenía que exprimir su cerebro para recordar el teléfono de Madame Salgar. Lo hizo paso a paso, recreando las partes de la aventura donde lo había usado: él lo había visto en la pantallita del celular; tenía que estar guardado en algún sitio de su cerebro pero, ¿dónde? Quién sabe cuánto tiempo tardó en revisar todos sus archivos mentales, y mucho fue el esfuerzo que empleó. Hasta que, de pronto, se le apareció clarísimo: él estaba en la estación Chilpancingo, sin zapatos; apretó el botón de remarcar y ¡ahí estaba, en la pantallita del teléfono! De inmediato y sin prender la luz, tomó el papel y el lápiz con los que había apuntado el hechizo y escribió el teléfono en una esquina de la hoja. Faltaba poco para el amanecer cuando logró finalmente conciliar el sueño, con una tranquila sonrisa dibujada en el rostro.

El juicio estaba programado para el anochecer. Andrés despertó muy cansado, pero antes de que cayera la noche él tenía muchas, muchísimas cosas que hacer. Recorrió las celdas de las Fuerzas Jocosas para despertar a los prisioneros.

–¡Todos al foro! –gritó con todas sus fuerzas–. ¡En diez minutos empieza la filmación!

Escuchó una serie de exclamaciones de disgusto: "¡Es muy temprano!" Pero el tiempo apremiaba, así es que Andrés siguió gritando hasta que todos estuvieron reunidos en el foro.

–Necesito un voluntario –dijo a la multitud de adormilados compañeros, y no tuvo respuesta.

–¡Necesito un voluntario! –repitió tratando de controlar su enojo.

–¿Un voluntario para qué? –surgió una vocecilla de las filas de atrás.

–Para convertirlo en bebé –escuchó un murmullo de risitas, pero siguió sin tener respuesta de un voluntario.

–No es posible que estén tomando esto a broma –Andrés se puso muy serio–. ¿No se dan cuenta de que todos estamos en peligro? Ustedes estuvieron de acuerdo en confiar en mí y yo he trabajado muy duro para que las cosas salgan bien, pero no puedo hacerlo solo. Necesito que me ayuden; si no quieren, allá ustedes; yo encontraré la forma de escapar de aquí y si se quedan para siempre encerrados en este lugar con sus cerebros echados a perder, no es mi problema.

Dicho lo cual dio media vuelta y echó a andar hacia afuera del foro. De inmediato creció el murmullo y Andrés escuchó las voces de más de tres que se ofrecían como voluntarios para ser bebés.

–Perdón, es que andábamos medio dormidos todavía –dijo uno de los prisioneros y los demás asintieron avergonzados –. Yo seré el bebé.

–¿Cómo te llamas? –Andrés lo examinó detenidamente.

–Ochenta y Dos –respondió el chico.

–No, de verdad –aclaró Andrés–. Recuerda que entre nosotros debemos usar los nombres; no somos prisioneros ni números, somos personas que tenemos nombres.

–Pepe –respondió el voluntario.

Gracias al duro trabajo de María, de Isabel y del mismo Andrés, todos los prisioneros, sin importar el tiempo que tuviesen en las Fuerzas Jocosas, habían logrado recordar sus nombres. Hasta el Ciento Uno, a quien no le complació mucho recordar el suyo, porque era Nicanor y no le gustaba ni tantito, así que pidió a todos que lo siguieran llamando Ciento Uno.

Pepe debía tener más o menos la misma edad que Ana. Tenía el cabello muy rizado y los ojos verdes. Andrés pensó que sería un bebé simpático, y como era chico, mucho mejor, ya que si no lograba recuperar la libreta de hechizos para obtener el antídoto, no serían muchos los años que le habría quitado.

–Muy bien, tú serás el bebé. Sólo tenemos que esperar a que el Maestro despierte, porque es necesario sacarlo de su habitación y estoy seguro de que no se va a aguantar la curiosidad de verme realizar el hechizo.

–¿Un bebé de cuántos años? –quiso saber Pepe.

–No sé, a lo mejor de meses, la verdad no lo sé.

Pepe puso cara de que le estaba entrando algo de miedo. Andrés trató de infundirle confianza:

–No te preocupes, Pepe, en la Torre Blanca está el Mago Damián, que es el mejor mago del mundo, y si tenemos algún problema para regresarte a tu edad, él nos ayudará.

–Bueno, está bien –Pepe levantó los hombros.

Andrés se trepó en una tarima del foro para buscar al Ciento Uno. Pronto lo encontró y después de asignarle una tarea muy importante, reunió al resto del equipo y juntos planearon cuidadosamente lo que tenían que hacer. Ese día sería decisivo para todos. ◆

Capítulo 16

◆ Cuando el Maestro llegó al foro apoyado en O. Rendón, Andrés ya estaba disfrazado de mago. Con una sábana vieja se fabricó un turbante y una túnica, y tenía puesta una barba postiza. Los prisioneros estaban alrededor de él fingiendo demencia: el Maestro no debía notar que habían recuperado su habilidad mental. Pepe estaba acostado frente a Andrés; ya se había tranquilizado y hasta pensaba que podía ser divertido ser un bebé de nuevo. El Maestro se sentó en una silla y se dispuso a ver la ejecución del hechizo. Andrés lo saludó con una reverencia y comenzó encendiendo un par de velas. Regó parafina en las palmas de las manos y en las plantas de los pies de Pepe; éste se quejó.

—¡Cállese, prisionero Ochenta y Dos! —lo reprendió Andrés, pero trató de tener más cuidado y soplarle un poco a la cera antes de que lo tocara. Después hizo una serie de movimientos raros con las manos (esto no lo decía la receta del Mago Damián, pero tenía que hacer tiempo para entretener al Maestro), finalmente dijo, tratando de hacer una voz fúnebre:

Por la cera que te eché
en las manos y en los pies
si esto no sale al revés
volverás a ser bebé.

Ante el asombro de los presentes, el niño empezó a encogerse hasta que no se vio nada de él. Todos miraban con atención el bulto de ropa, guardando un silencio absoluto, que rompió violentamente un sonoro chillido. La camiseta de Pepe empezó a moverse. Andrés la levantó y por uno de los agujeros de las mangas, se asomó la cara de un gracioso bebé. Andrés suspiró aliviado, se despojó del turbante y con él envolvió al pequeño.

Para esos momentos el Ciento Uno ya se había introducido en la habitación del Maestro y marcaba por segunda vez el teléfono de Madame Salgar. La primera vez había logrado comunicarse, pero no pudo entenderse con ella.

–¿Aló? –contestó Madame.

–Buenos días, ¿es usted la adivina?

–*Oui, monsieur,* ¿quién pguegunta?

–El Ciento Uno.

–¿Pagdón? –dijo Madame Salgar y al Ciento Uno le causó mucha gracia su palabreja y se echó a reír.

–Es muy tempgano paga estag cotogueando pog teléfono. –Madame Salgar colgó furiosa. El Ciento Uno volvió a marcar, pero aparentemente ella había dejado descolgado su teléfono. Pi, pi, pi, pi. Marcó una y otra vez, cada una de ellas más nervioso. Si el Maestro llegaba y lo descubría allí, ya serían tres los enjuiciados esa noche. En una de ésas escuchó que la señal ya no era de ocupado; el teléfono estaba llamando. Trató de concentrarse para no reír y entender lo que pudiera de las palabras de Madame Salgar, pero descubrió que de nada le iba a servir cuando le contestaron: "Farmacia Nochebuenaaaa". Se había equivocado al marcar.

–Buen hechizo –decía mientras el Maestro a Andrés.

   –Gracias –él se mostraba complacido con Pepe en brazos.

   –Ahora estoy cansado –dijo el Maestro a O. Rendón–. Llévame de vuelta a mi habitación.

   O. Rendón, fiel como siempre, obedeció.

Piiiiiii....... piiiiiii, sonaba el teléfono en la oreja del Ciento Uno. Estaba llamando de nuevo. Esta vez había marcado con cuidado, no podía perder el tiempo equivocándose, aunque pensó que en ese momento le caerían de maravilla unas aspirinas. Pero, ¿qué diría el empleado de la Farmacia Nochebuena al oír "tráigamelas aquí, a las Fuerzas Jocosas"? Colgaría igual que Madame Salgar. Piiiiiii...... piiiiiii, llamaba el teléfono.

   –Por favor, Madame, conteste, por favor –rogaba para sí el Ciento Uno.

   Madame había colgado el teléfono para volverse a dormir, que era precisamente lo que estaba haciendo cuando la llamada del Ciento Uno la sacó de sus sueños. Lo dejó sonar, esperando que el supuesto bromista se cansara y colgara, lo cual no sucedió, de modo que, de mal humor, decidió contestar de nuevo.

   –¿Aló? –gritó.

–NomecuelgueporfavorsoyamigodeAndrésestoyenlasFuer-zasJocosas... estamosenunproblemalehabloparaquenosayude-nosevayaaenojar... –Madame Salgar lo interrumpió:

–A veg, a veg, despacito –había alcanzado a escuchar el nombre de Andrés en la verborrea del Ciento Uno, quien repi-tió lo que acababa de decir, ahora con puntos y comas.

–Andrés me dijo que tienen que adelantar un día el rescate, que tiene que ser hoy mismo, una hora después de que se haya puesto el sol.

–¿Pego, qué pasó? ¿Está bien Andgués?

El Ciento Uno se sobresaltó al oír que alguien se acercaba la puerta de la recámara.

–Todo está bien hasta ahora, pero a partir de que empiece a anochecer, todos estaremos en peligro. Necesitamos que nos rescaten hoy, haga lo que pueda, Madame, se lo suplico... –di-jo el Ciento Uno y colgó, porque el Maestro y O. Rendón se aproximaban; se tiró al suelo y rodó bajo la cama del Maestro. Ahí se quedó, tratando de permanecer inmóvil, aunque le es-taba costando mucho trabajo controlar el temblor de sus ma-nos.

–¿Qué tal te pareció lo que vimos, mi buen O. Rendón? –es-cuchó el Ciento Uno que preguntaba el Maestro.

–Bonito, jefe, bonito. Pero... su nuevo asistente... –O. Ren-dón prefirió callarse. Sabía que el Maestro no toleraba que se dijera nada contra su asistente. Por eso se sorprendió cuando le dijo:

–No te gusta, ¿eh?

–Pues la verdad no –respondió con timidez.

—No sé, mi fiel vasallo, no sé si tengas razón —y la voz del Maestro echó a temblar todavía más al pobre del Ciento Uno, que tuvo que ponerse la mano entre los dientes para que no se oyera el castañeteo—. Pero si mis sospechas son ciertas, van a suceder cosas muy divertidas en las Fuerzas Jocosas.

Andrés cometió un error sin darse cuenta: a la hora de levantar al pequeño bebé en sus brazos murmuró con cariño: "Tranquilo, Pepe, ya terminamos". El murmullo no fue tan bajo como para que el Maestro no lo oyera, y él no concebía que su asistente llamara a un prisionero por su nombre. Sus sospechas se habían despertado irremediablemente.

Al ver que el Ciento Uno no regresaba, Andrés comenzó a preocuparse. Temía que el Maestro lo hubiera pescado hablando con Madame Salgar. Pero más temía que no hubiera podido comunicarse con ella. De haber ocurrido así, el rescate permanecería programado para el día siguiente, y tal vez para entonces Ana e Isabel tendrían sus cerebros inservibles. De todos modos el resto del equipo fabricaba un arsenal con lo que podía ser útil en las Fuerzas Jocosas, que no era mucho. Lo mejor que encontraron fue un armario en el que había una gran cantidad de cajas con bolas de billar. Sin embargo se las ingeniaron para ocupar todo lo que se iban encontrando: de escobas hicieron lanzas; de gorritos, resorteras, trenzando el elástico que los fijaba en la cabeza; rellenaron globos de una densa mezcla de agua con harina y juntaron todo en un rincón del foro. Uno de los guardias llegó a preguntar qué estaban haciendo.

—Es que vamos a filmar una guerra de pastelazos— dijo una prisionera muy emocionada.

—Ooooh, qué padre —exclamó el guardia y no dio más lata.

Andrés tenía que entrar en la recámara del Maestro y averiguar qué había ocurrido con el Ciento Uno. Dejó a Pepe encargado con María y se dirigió hacia allá meditando alguna excusa.

—Maestro, solicito fecha para la premier de la película —dijo Andrés al entrar en la recámara.

—¿Para cuándo crees que quede terminada?

—Este... ya mero —contestó distraído, ya que estaba tratando de encontrar al Ciento Uno. Éste, debajo de la cama, sintió un gran alivio al escuchar la voz de Andrés. Necesitaba avisarle que los de la Asociación vendrían por ellos esa misma noche.

Pero además de los pies de Andrés, se veían los de O. Rendón, y el Ciento Uno prefirió no arriesgarse a darle una señal. Optó por quedarse quieto bajo la cama y esperar, con los dedos cruzados, que O. Rendón se quitara de ahí. Pero esto no sucedió; la conversación de Andrés y el Maestro fue muy breve; éste le dijo que escogiera la fecha que le diera la gana para la premier y que lo dejara en paz. Andrés salió con una fuerte sensación de que las cosas no estaban bien: el Maestro no solía hablarle tan golpeado, y menos ahora que debería estar contento con él porque había logrado hacer el hechizo. No, las cosas no iban bien, la actitud del Maestro era muy extraña; parecía haberle perdido la confianza.

Andrés regresó al foro con los demás. Estaba muy preocupado, aunque sonrió al ver la gran cantidad de armamento que habían logrado fabricar en un tiempo tan corto. Él mismo estuvo ayudando un rato, mientras pensaba y pensaba y se preocupaba cada vez un poco más. A lo mejor el Ciento Uno había sido sorprendido y ante horribles amenazas no le quedó más remedio que confesar todo el plan. Tal vez se había descubierto que al Mago Damián le funcionaba el cerebro de nuevo. O quizá los demás papeles de Isabel decían algo que lo hubiera puesto en evidencia. En fin, podían ser tantas cosas...

Necesitaba hablar con alguien y no quería interrumpir a sus compañeros, así es que fue a ver al Mago Damián. Lo encontró de muy buen humor haciendo lagartijas; trataba de ponerse en forma después de tantos años de inactividad.

–¡Muchacho!, ¿cómo va todo? –preguntó alegre el Mago–. ¿Encontraste mi libreta?

–Sí, pero no todo salió bien –Andrés le contó al Mago cómo se enteró de dónde guardaba la libreta el Maestro, y del hechizo para convertir a Pepe en bebé.

–¡Eso es grandioso! ¿Por qué dices que todo salió mal?

–Es que no sé, depende. Si el compañero Ciento Uno pudo comunicarse a la Asociación para que vengan hoy por nosotros, lo más seguro es que todo salga bien. Si no, quién sabe, pero de todos modos la rebelión va a estallar esta misma noche.

–¿Por qué tan pronto? ¿Ya están preparados?

–En realidad no, pero esta noche van a juzgar a Isabel y a Ana por mi culpa. Yo no puedo permitir que les nulifiquen el cerebro, y además me está costando mucho trabajo seguir con la mentira. En cualquier momento voy a meter la pata, si es que no lo hice ya. Por eso tiene que ser esta noche.

El Mago miraba a Andrés con la preocupación que acababa de contagiarle.

–Me gustaría hacer algo. ¿En qué puedo ayudar?

–Aún no lo sé, no tengo una estrategia de ataque, ni algún plan como los que hacen los militares en las películas. Vamos a pelear a lo menso, porque ni siquiera sé cuántos guardias son. Como todos son tan parecidos es difícil contarlos. Al único que distingo bien es a O. Rendón y de él me voy a hacer cargo personalmente –Andrés casi gritaba.

–Sería mejor que lo tomaras con calma y que pensaras en una estrategia.

–Ya no hay tiempo, Mago –Andrés guardó silencio un momento, mientras miraba hacia afuera por la ventanita enrejada–. Por eso vine a dejarte las llaves de este lugar. Creo que el

Maestro ha empezado a sospechar y, antes de que me las quite, mejor te las doy; enciérrate por dentro y a la hora que oigas todo el relajo, escapa.

El Mago tomó las llaves y abrazó fuertemente a Andrés, mientras le deseaba la mejor de las suertes.

En cuanto empezó a ocultarse el sol, después de haber pasado el resto de la tarde colaborando en la fabricación de armas, Andrés se fue a su habitación. El Maestro le dijo que tenía que estar listo para el juicio a las siete y media, así es que se metió a bañar. Esta vez se metió completo a la regadera; el calendario de su panza ya no le servía para nada. Si los rescataban esa noche, regresaría a su mundo, donde había cantidad de calendarios, y si no... Andrés pensaba que viviendo en las Fuerzas Jocosas no necesitaba saber cuánto tiempo llevaba ahí. ¿Para qué?

Al salir de la regadera se encontró de frente con O. Rendón, quien le habló retador.

—El Maestro te está esperando; o qué, ¿este lindo asistente prefiere no ir a ver cómo condenan a sus amiguitas?

Andrés sintió un nudo en la garganta, pero no contestó. Ahora lo entendía, había hecho algo mal y el Maestro sabía ya quién era. Se vistió con rapidez y caminó al patio principal, el que estaba a los pies de la Torre Blanca. Pero, por si las dudas, prefirió hacer una escala en el foro, que le quedaba de paso, para tomar un par de resorteras y bolas de billar. Como sus bermudas eran bastante anchas no tuvo problema para ocultar el armamento.

Cuando arribó al patio, lo encontró completamente lleno. No sólo estaban ahí el Maestro y los guardias, sino también todos los prisioneros. Andrés pensó que no los iban a invitar y por eso no les advirtió que fueran armados, pero esperaba que a alguien más se le hubiera ocurrido. En el centro del patio, sobre un entarimado alto, el Maestro, y O. Rendón flanqueaban a las acusadas, amarradas de pies y manos en sendas sillas. Andrés se quedó abajo del escenario, sin animarse a subir, hasta que el Maestro dijo:

–Oh, mi fiel asistente –y por el micrófono se dirigió a la multitud–. ¿Todos ustedes conocen a mi fiel asistente?

Se escuchó un entusiasta y atronador "síííí", que fue, por una parte, lo que le terminó de confirmar sus sospechas de que Andrés era un rebelde disfrazado, y por otra, lo que avisó al Mago Damián que la función había dado comienzo. Andrés subió y se colocó lo más lejos que pudo del Maestro y de los guardias.

–Nos hemos reunido aquí para castigar a dos prisioneras –empezó a decir el Maestro por el micrófono–. La Ciento Veintidós y la Ciento Treinta y Dos. Ellas transgredieron el orden más elemental cometiendo graves delitos. La primera está acusada de robo y de realización de actividades prohibidas, más concretamente, la lectura. Así es que el delito es doble, la prisionera no sólo leyó, sino que lo que leyó ¡era un libro robado! ¿Se dan cuenta, guardias, prisioneros, fiel asistente, que esta situación no puede tolerarse?

El Maestro guardó silencio esperando la respuesta de la multitud, pero los únicos que gritaron "¡NOOO!" fueron los guardias. El Maestro se fijó en Andrés: tampoco había gritado.

–La segunda prisionera, además de escribir textos que no le fueron ordenados, ¿qué creen que hizo? –Los guardias gritaron "¿QUÉÉÉ?"–. ¡Pues nada menos que insultarme a MÍ, a su benefactor y bondadoso jefe! ¿Saben cómo me dijo? ¡Pues me llamó estúpido o algo así! –los guardias pusieron cara de enojo al oír esto; en cambio los prisioneros, que hacían mucho más ruido, se echaron a reír de tal manera que el Maestro empezó a ponerse rojo del coraje.

En ese momento Andrés sintió cosquillas en la pierna. Se sacudió un poco, pero empezó a sentir lo mismo momentos después, ahora con jaloncitos. Bajó la vista y se llenó de alegría cuando vio que la causante de eso era ¡Lili! La ayudó a subir fingiendo que se rascaba la pierna. Cuando estuvo en su hombro oculta por la camiseta, le dijo:

–No voltees ni hables. He estado observando cómo te mira el Maestro, estoy segura de que sabe quién eres. Ten mucho cuidado, que no se dé cuenta de que estamos hablando. Recibimos el mensaje de un tal Ciento Uno y allá afuera está el camión. Vienen los hermanos Cochupo y Rosalío Largo; traemos gabardinas mágicas, pero no podemos pasar. La puerta principal está protegida con tres cerraduras.

Andrés susurró:

–En el último piso de esa torre está el Mago Damián. Él tiene las llaves de su celda, que también son tres. A lo mejor esas llaves sirven para la entrada principal. Ve por él y hagan el intento de abrirla.

Lili brincó al suelo y corrió, cuidando de no convertirse en víctima de un pisotón. Le costó un trabajo endemoniado subir esa cantidad de escalones; para una persona de tamaño normal ya era difícil, pero Lili no se amedrentó. La felicidad de que el Mago estuviera vivo le dio fuerzas.

–Bien –decía el Maestro mientras tanto–. Levanten la mano los que crean que estas dos prisioneras merecen la nulificación cerebral.

Los únicos que levantaron la mano fueron los guardias. El Maestro volvió la cabeza lentamente hacia Andrés y se enfureció al ver que no tenía la mano levantada. No le quedó entonces ninguna duda de que su asistente no era en realidad lo que decía ser.

–Levanten la mano los que crean que estas dos prisioneras merecen el perdón.

El escándalo fue mayúsculo, todos los prisioneros levantaron ambas manos mientras gritaban:

–¡Arriba las prisioneras! ¡Abajo el Maestro!

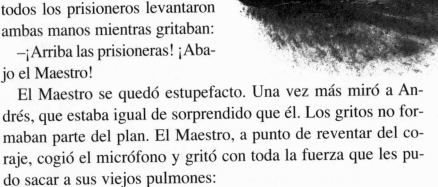

El Maestro se quedó estupefacto. Una vez más miró a Andrés, que estaba igual de sorprendido que él. Los gritos no formaban parte del plan. El Maestro, a punto de reventar del coraje, cogió el micrófono y gritó con toda la fuerza que les pudo sacar a sus viejos pulmones:

–¡Sus opiniones no me importan, nulificaremos a las prisioneras de todos modos!

–Pero –intervino Andrés–, la mayoría votó por que eso no suceda.

–¿Y quién diablos te dijo a ti que esto es una democracia? –preguntó el iracundo anciano y después ordenó a O. Rendón–: ¡Tome el nulificador y ejecute la sentencia ahora mismo!

O. Rendón tomó el aparato y movió el control al máximo de la fuerza de descarga. Con una sonrisa de satisfacción, se acercó a Isabel y a Ana, que lo miraban horrorizadas. La nulificación parecía inminente. Ambas niñas se miraron como despidiéndose. Isabel tragó saliva y se retorció en sus ataduras. ◆

Capítulo 17

◆ –¡No te me acerques! –gritó Isabel.

O. Rendón, por supuesto, no hizo caso de la orden y le colocó las ventosas en ambas sienes. Ella trató de volverse para buscar a Andrés. No logró hacerlo, porque justo en el momento en que O. Rendón iba a apretar el botón del aparato, cayó con todo su peso encima de ella. Una bola de billar disparada con precisión por Andrés le había dado en la nuca, provocándole un desmayo. El Maestro, desconcertado, trató de correr hacia el aparato; tenía que cumplirse la sentencia, y si O. Rendón no podía hacerlo, él mismo lo haría. Pero no fue lo suficientemente rápido: Andrés corrió hacia él y lo tacleó.

–Lo siento, Maestro, no puedo dejar que le arruine el cerebro a mi novia –dijo; ya no tenía que preocuparse por ocultar nada.

Mientras tanto los prisioneros, que se habían organizado por su cuenta, sacaron sus armas y empezaron a arrojar bolas de billar y globos de harina a los guardias, que se miraban unos a otros sin saber qué hacer. Andrés tenía inmovilizado al Maestro, pero no se le ocurrió taparle la boca, así es que éste empezó a gritarles a los guardias:

–¡Ataquen, mentecatos! ¿Qué esperan? ¡Multiplíquense!

Apenas terminó de decir esto, los guardias, ante los aterrados prisioneros, empezaron a reproducirse: cada uno de ellos se convertía en tres o cuatro, y éstos a su vez en tres o cuatro más, de manera que pronto superaron con mucho el número de los prisioneros.

Andrés escuchó que alguien lo llamaba a sus espaldas. Era el Ciento Uno, que venía corriendo y jadeaba al decir:

–¡Lo logré, pude hablar con Madame Salgar, vendrán por nosotros!

–A buena hora –dijo Andrés, pero no pudo decir nada más porque el Maestro aprovechó que se dio vuelta para conectarle un tremendo cabezazo que le abrió la ceja y lo hizo sangrar. Como se quedó medio atontado por el golpe, el Maestro pudo escabullirse y se puso de pie junto a él con intenciones de patearlo, pero el Ciento Uno intervino, cargó a Andrés y corrió lejos de ahí.

Dentro de todo el relajo, nadie se había acordado de liberar a Ana y a Isabel, quien todavía tenía el enorme cuerpo de O. Rendón encima de ella. El Maestro se aproximó, empujó a O. Rendón fuera de la silla, y le dijo:

–Lo siento, niña, pero tu amiguito está noqueado. Creo que voy a vengarme de él en tu persona –y acariciándole la cabeza le preguntó–: ¿No eres feliz? Tu cerebro morirá por una causa noble: ¡la venganza!

–¡ANDRÉÉÉÉS! –gritó Isabel con todas sus fuerzas. Él volteó todavía en hombros del Ciento Uno; vio que el Maestro lo saludaba sonriente mientras agitaba el mango del nulificador con la otra mano.

–¡Bájame, bájame! –pedía Andrés al Ciento Uno–. ¡El Maestro nulificará a Isabel!

Pero el Ciento Uno lo ignoró y siguió corriendo. Andrés trataba de zafarse mientras veía cómo el Maestro, con un gesto diabólico, levantaba el nulificador mientras apretaba el botón. Isabel cerró los ojos con fuerza, esperando que por lo menos no fuera muy doloroso. Pero no sintió nada. Abrió los ojos y se dijo mentalmente: "Soy Isabel, estoy en las Fuerzas Jocosas y me parece que no me han nulificado, porque todavía pienso". Y, para comprobarlo, se puso a repasar las tablas de multiplicar. El Maestro, confundido, agitaba el aparato una y otra vez y apretaba el botón desesperadamente. Mientras, el Ciento Uno mostraba a Andrés un par de pilas grandes que había sacado de su bolsillo.

–Mira, las saqué del aparato, que estaba debajo de la cama del Maestro. Parece que no sirve sin las pilas.

Mientras Lili seguía subiendo con muchos trabajos las escaleras de la Torre, el Mago Damián las iba bajando al mismo tiempo; había decidido que podría hacer más estando abajo que encerrado en su celda. Lili oyó los precipitados pasos del Mago y comenzó a gritar con toda la capacidad que le permitían sus pequeños pulmones:

–¡Aguas, aguas, aquí estoy, cuidado!

El Mago pasó de largo, ya que el escándalo de abajo no permitía oír sus leves gritos. Ella se dio vuelta y cuando el Mago bajó dos escalones más, tomó impulso y brincó hacia él. Apenas alcanzó a asirse de su camisa y subió hasta quedar cerca de sus oídos.

–¡Mago Damián, soy yo! –seguía gritando. El Mago se detuvo y miró hacia arriba desconcertado.

–Aquí, atrás –le dijo mientras se colocaba en su hombro. Él la tomó suavemente y se le quedó viendo.

–¿Tú eres....?

–Ajá. Soy María José, alias "Lili" gracias a tu hechizo.

El Mago se alegró mucho de verla. Ella le explicó el plan y juntos corrieron al portón principal de las Fuerzas. Era un camino largo e intrincado, al final del cual los detuvo un portón imponente: enorme, hecho de algún metal brillante y sólido, y totalmente liso, excepto en los nichos de las cerraduras. Ambos cruzaron los dedos para que las llaves sirvieran, porque de otro modo parecía más que imposible derribarlo. Las manos del Mago temblaban por los nervios y por el esfuerzo realizado en la carrera; por más que trataba, no conseguía atinarle al agujero del cerrojo, y Lili era demasiado pequeña como para maniobrar con llaves de ese tamaño.

–Vamos a sentarnos un momento para que te relajes –sugirió Lili. El Mago se sentó en el suelo y respiró profundamente varias veces.

En el patio de las Fuerzas todo era escándalo y confusión. Los guardias seguían multiplicándose, pero las imágenes que salían de ellos eran solamente eso: imágenes inofensivas, inmateriales, que no podían hacer daño, pero tampoco podían recibirlo. Hubiera sido peor que fueran guardias de carne y hueso (y puños), pero de todos modos las imágenes causaban desconcierto entre los aguerridos rebeldes, que disparaban sus bolas de billar y sus globos a la nada; si se trataba de un guardia-guardia, recibía el golpe y con suerte lo tumbaba, pero si era un guardia-imagen, el proyectil lo atravesaba como al aire. Y no había forma de distinguirlos. El Maestro, ajeno a la pelea, seguía en el entarimado, pidiendo a gritos un par de pilas. O. Rendón, que había despertado del desmayo gracias a los gritos del Maestro, corrió a buscarlas. Al volver con las pilas en la mano, Andrés le pisaba los talones. Trató de taclearlo como al Maestro, pero O. Rendón era mucho más grande y se deshizo de él con una patada de mula. Le dio las pilas al Maestro y éste las colocó en el aparato. Isabel ya estaba preparada con las ventosas en las sienes, así es que lo único que tuvo que hacer el Maestro fue apretar el botón. Esta vez Isabel se desmayó; las cuerdas la sujetaban en la silla, pero sus brazos y su cabeza colgaban como si ya no hubiera vida dentro de ella. El Maestro miraba el aparato y a Isabel una y otra vez. En ese momento Andrés corrió hacia él, le dio una espectacular patada voladora de las que el Mayor Brown le había enseñado y lo mandó al suelo; mientras, el Ciento Uno se encargaba de distraer a O. Rendón amenazándolo con su resortera. Pero el Maestro, aunque fuera malvado no dejaba de ser un anciano, y Andrés no pudo pegarle más, aunque le daban ganas de dejarlo como a boxeador vencido en un doceavo round. Lo sujetó con las piernas mientras desataba a Isabel y a Ana; con las cuerdas amarró al Maestro en la silla de esta última y tomó a Isabel en sus brazos para llevarla lejos del campo de batalla donde nadie pudiera hacerle daño. Aunque sabía que ningún daño físico podía ser peor que el que acababa de recibir. Andrés estaba confundido; lo que sentía ahora era algo que no había experimentado nunca antes: una mezcla de profundo dolor, tristeza y decepción consigo mismo. Mientras caminaba, las lágrimas empezaron a rodar por sus mejillas. Al llegar al foro acostó a Isabel sobre unas mantas y permaneció largo rato junto a ella. No había cumplido. Se sentía inútil y estúpido: su misión, la primera y la más importante, era salvarla, y ahora su cuerpo yacía frente a él con una mente que no volvería a funcionar jamás. Andrés comprendió que no podría volver a su mundo; aunque ganaran la batalla contra los guardias, aunque tuviera la posibilidad de subirse en el camión y volver, no se sentía capaz de hacerlo. Se había convertido en un perdedor, y seguiría siéndolo por el resto de su vida.

Por su parte, el Mago había logrado calmarse un poco y trataba de abrir el portón; Lili, ante la imposibilidad de hacer nada más, le echaba porras con su vocecita.

—No, esta llave no abre esta cerradura; ésta tampoco, ésta... —el Mago empleó toda la fuerza de su brazo, y la llave dio vuelta. ¡Correspondía! Las otras dos llaves pertenecían a las otras cerraduras, así que tan rápido como pudo las abrió y empujó el pesado portón. Los dos salieron a encontrarse con Rosalío Largo y los hermanos Cochupo.

—¡Mago Damián! —gritaron los hermanos al unísono—, ¡qué alegría!

—No cantemos victoria —les dijo Lili—. Allá adentro la situación está terrible.

Viriato Cochupo se puso al volante y Ubaldo, Rosalío y el Mago empujaron la puerta para permitir el paso del camión. Cuando llegaron al gran patio se dieron cuenta de que los guardias iban ganando la batalla con ventaja. Los prisioneros estaban confundidos con tanto guardia de mentiras: al tratar de dispararles, los proyectiles acababan dándole a alguno de sus compañeros. La mayoría de los prisioneros tenía la cabeza llena de chipotes provocados por bolas de billar y estaban todos embarrados con el atole de los globos. Los hermanos Cochupo bajaron del camión para repartir las gabardinas.

–Póntela y abróchate todos los botones –decían al entregarlas.

Mientras tanto, el Ciento Uno había preparado una resortera y una carga de globos y se dirigía al entarimado, donde O. Rendón trataba de desamarrar al Maestro, que aún no se reponía por completo de la patada y parecía como si lo regañara; a O. Rendón le estaba costando mucho trabajo desatarlo, porque Andrés aprendió con el mayor Brown a hacer unos nudos muy complicados. El Ciento Uno guardó sus armas; prefirió averiguar qué gritaba el Maestro a O. Rendón.

–¡Eres un inútil! ¡Primero entorpeces mi ejecución con unas pilas inservibles, y ahora no eres capaz de desatar un maldito nudo!

Al ver O. Rendón que todos sus intentos por deshacer los nudos eran vanos, obedeció las órdenes de cargarlo con todo y silla y correr hacia la Torre Blanca para acuartelarse en la celda del Mago Damián.

Los demás guardias comprendieron que estaban en problemas cuando vieron que en lugar de prisioneros jóvenes y mal comidos, ahora tenían que luchar contra un batallón de gorilas con gabardina. Los rebeldes tiraron sus armas y empezaron a luchar cuerpo a cuerpo, lo cual disminuía las confusiones y, si le pegaban a un guardia-imagen, lo peor que les podía pasar era irse de boca si su golpe llevaba mucha fuerza.

Los prisioneros ganaron ventaja rápidamente. Eran más que los guardias-guardias, y aparte contaban con la ayuda de los hermanos Cochupo, de Rosalío, el Mago y Lili. Pronto tuvieron un centenar de guardias-imagen contemplando desconcertados a los pocos guardias de verdad tumbados en el suelo fuera de combate. Rosalío tomó el mando del batallón; los formó en filas y les ordenó correr juntos hacia donde estaban los guardias-imagen. Así lo hicieron, y además de comprobar que no quedaba de pie ningún guardia de verdad, aprovecharon para pasar encima de los que estaban en el suelo, que sintieron como si se les hubiera venido encima una estampida de rinocerontes. Al finalizar la carrera, todos gritaron alborozados, chocaron palmas y se felicitaron mutuamente. En ese momento se acercó el Ciento Uno.

–¿Alguien sabe dónde está Andrés?

–De veras, ¿dónde está Andrés? –repitió la pregunta Rosalío, pero nadie lo sabía.

–Seguiré buscando –dijo el Ciento Uno–. Aún faltan el Maestro y O. Rendón, que se fueron a esconder a la Torre Blanca.

–¡Vaya sorpresa que se van a llevar cuando no me encuentren ahí! –el Mago rió entusiasmado.

Y, en efecto, la sorpresa no fue nada agradable para el

Maestro, que encontró la puerta de la celda abierta y a nadie en el interior.

–¡Ese condenado nos tomó el pelo! ¡Nos engañó, ¿te das cuenta?! ¡Liberó al Mago, no puede ser!

El Maestro gritó tan fuerte que todos en las Fuerzas Jocosas lo escucharon y se estremecieron. A O. Rendón, en el fondo, le alegraba que Andrés no resultara el asistente modelo que parecía porque así, cuando todo acabara, él volvería a ocupar el puesto.

El Ciento Uno entró al foro después de haber recorrido casi todos los rincones de las Fuerzas Jocosas y encontró a Andrés junto a Isabel, que yacía inerte en el suelo. Andrés tenía los ojos hinchados y rojos y, cuando vio al Ciento Uno acercarse, escondió la cara.

–Andrés –musitó el Ciento Uno mientras se sentaba a su lado–. Ganamos la batalla contra los guardias; tus amigos ya están aquí y trajeron unas gabardinas mágicas que nos ayudaron muchísimo...

Andrés parecía no escucharlo. Tenía la vista fija en Isabel, con una expresión de infinita tristeza.

–No te preocupes por ella...

–¿Cómo de que no me preocupe? –lo interrumpió indignado Andrés–. ¡Yo vine por ella, vine a salvarla y mírala!

Andrés no pudo evitar llorar de nuevo. El Ciento Uno le pasó el brazo por el hombro.

–Te dije que no te preocupes por ella no porque crea que ella no importa, sino porque sé que está bien. Hace un rato, mientras los demás peleaban con los guardias, escuché al Maestro regañar a O. Rendón. Le dijo que había entorpecido la nulificación; ¿te das cuenta?

–Sí, les faltó nulificar a Ana...

–¡Claro, pero además, la de Isabel tampoco pudo completarse! Las pilas que le dio O. Rendón eran viejas.

–¿Cómo lo sabes? –Andrés miró por primera vez al Ciento Uno.

–Yo mismo lo escuché regañarlo; además, me ha tocado ver nulificaciones antes: el prisionero se retuerce y salen chispas de los electrodos. Con Isabel nada de eso pasó, por eso el Maestro se dio cuenta del error de O.Rendón.

–¿Y entonces qué le pasa?

–Seguramente la poca energía de las pilas le dio una descarga, pero debe de haber sido pequeña, como las que me solían dar a mí. Y así me quedaba yo también, desmayado. No te preocupes, lo más probable es que al rato despierte, a lo mejor medio atontada, pero nada más.

Andrés, optimista de nuevo, cubrió a Isabel con las mantas y regresó al patio con el Ciento Uno.

Todos miraban la punta de la Torre Blanca, de donde salían relámpagos amarillos que contrastaban con la oscuridad de la noche al iluminar todo el patio. Andrés fue directamente a saludar a sus amigos de la Asociación; cuando los prisioneros lo vieron, dejaron de mirar hacia arriba y prorrumpieron en exclamaciones de gusto. Para todos ellos, Andrés era el jefe y a quien tenían que agradecer su salvación.

–¿Qué está pasando allá arriba? –preguntó Andrés a Rosalío.

–El Maestro se acuarteló y está furioso. Sólo te estábamos

esperando para poder irnos. No parece que él tenga forma de impedírnoslo.

—¡ESO ES LO QUE TÚ CREES! —resonó la voz del Maestro con el mismo estrépito que los truenos que momentos antes habían acompañado a los relámpagos amarillos. Todos se quedaron helados y silenciosos viendo con horror cómo estallaba la punta de la Torre Blanca, que voló en mil pedazos. Se echaron pecho a tierra y se cubrieron, pero aún así trozos de vidrio y concreto alcanzaron a algunos. Andrés supo que tenía que elaborar un plan y, hablando lo más bajo que pudo, le dijo al prisionero que estaba a su lado:

—Toma una de las armas tiradas en el suelo y, a la cuenta de tres, disparas a la punta de la Torre. Pasa la voz.

La voz pasó rápidamente; mientras Andrés hacía tiempo para dar la orden de ataque, miró hacia arriba y la imagen que vio lo dejó paralizado. De la celda del Mago Damián, que ahora ya no tenía paredes ni techo, no se asomaba el anciano enjuto y flaco que Andrés esperó ver, sino una caja cuadrada, del tamaño de la celda completa, pintada de colores estridentes. El cielo estaba tranquilo, ya no había relámpagos y reinaba un silencio casi absoluto en todas las Fuerzas; sólo se escuchaba el murmullo de la voz que Andrés había mandado pasar.

De pronto se empezó a escuchar una música de tiovivo, pero con un tono fúnebre que los puso a temblar. Después, en medio de decenas de relámpagos que iluminaron la punta de la Torre como estadio de futbol, y un ensordecedor estruendo, la caja se abrió de golpe, dejando salir un largo y grueso resorte, en cuyo extremo estaba la cara del Maestro, ahora inmensa, roja y coronada por un gorrito de tres picos y cascabeles. La enorme cabeza brincoteaba hacia todos lados y arrojaba chispas de sus brillantes ojos.

–¿Quién fue el que dijo que yo no podía impedirles salir de aquí? –era la voz del Maestro; todos la conocían muy bien, aunque ahora sonaba más grave y tenebrosa.

–Uno, dos, ¡tres! –dijo Andrés en voz bajita, pero todos a su alrededor estaban demasiado impresionados y no le hicieron caso.

–¡UNO, DOS, TRES! –repitió, en esta ocasión con el mayor volumen que pudo sacarle a su garganta, logrando que los prisioneros reaccionaran y arrojaran sus proyectiles sobre el Maestro-Bufón. Sin embargo éste fue más rápido y en una fracción de segundo se metió en la caja, que se cerró instantáneamente; todos los proyectiles rebotaron en sus paredes sin hacer el menor daño al Maestro, quien lanzaba su espeluznante risa desde dentro. Todo el mundo siguió disparando, pero era inútil; parecía que la caja estaba blindada, y las bolas de billar se rompieron al caer de nuevo en el piso.

–Hay que correr al camión –apenas acababa Andrés de decirlo, cuando el Maestro-Bufón salió de nuevo de la caja, esta vez junto con una enorme red con piedras en las orillas, de manera que cayó sin dar tiempo a los prisioneros de esquivarla. Todos quedaron atrapados.

–¡Pregunté si creían que no podía impedirles huir! –gritó el Maestro-Bufón con su tenebrosa voz–. ¡Guardias, despabílense, tenemos prisioneros de nuevo!

Los guardias comenzaron a despertar y se colocaron alrededor de la red.

–Parece ser que al final yo fui más listo que tú, ¿no te parece, Andrés? –bramó el Maestro–. En vez de salvar a todos estos inútiles, los perjudicaste más, porque ahora se van a quedar aquí para siempre, y como el castigo a la rebeldía es la nulificación cerebral, creo que vamos a tener una temporada muy entretenida en nuestras honorables Fuerzas Jocosas.

La risa del Maestro enchinó la piel de todos los prisioneros. De su boca empezaron a salir chispas de fuego, y de sus ojos emanaba una sustancia viscosa. ¿Qué hacer? Estaban demasiado apretados en la red, apenas tenían espacio para estirar sus miembros. Andrés miró hacia los lados tratando de buscar una salida sin encontrarla. Pero, quizá había una, pensó y, en el momento en que cesó la risa del Maestro, contó a gritos, con todas sus ganas, el mejor chiste del que se acordaba.

Todos rieron a carcajadas al escucharlo. Y el Maestro-Bufón se quejó como si hubiera recibido un proyectil en la cabeza.

Otros prisioneros gritaron más chistes, riéndose y aplaudiendo; Lili comenzó a cantar una de sus mejores canciones, y cuando Rosalío Largo empezó a tararear la *Quinta Sinfonía* de Beethoven, algunos lo siguieron y el Maestro, sin dejar de gemir, se fue encogiendo hasta desaparecer por completo dentro de la caja; después, con una explosión discreta, como de tapón de sidra, ésta desapareció, quedando convertida en una nube gris, de la cual se precipitaron O. Rendón –que había permanecido todo ese tiempo dentro–, y la libreta de hechizos del Mago Damián. Todos quedaron en silencio y miraron estupefactos la transformación del Maestro, a la que siguió la de cada uno de los guardias en nubes de polvo de diferentes colores, que ascendieron para unirse a la enorme nube gris, hasta que aquello se convirtió en una masa nebulosa de todos colores, que parecía murmurar "volveré, volveré" mientras se dispersaba hasta desvanecerse por completo en el aire, permitiéndoles a los prisioneros ver las estrellas que iluminaban tenuemente el patio silencioso.

Entre todos rompieron la red con los dientes y, una vez libres, Andrés corrió al foro a recoger a Isabel. La encontró aún dormida y tuvo que cargarla de regreso; estaba muerto de cansancio, pero feliz. Cuando volvió ya casi todos habían subido al camión. Parecía que ya no faltaba nadie, pero Lili se dio cuenta de que el Mago Damián no estaba, y ella no pensaba irse de ahí sin él. No otra vez. Ya empezaban a organizar una búsqueda por las Fuerzas Jocosas cuando lo vieron caminar abatido hacia el camión. Venía de la Torre Blanca.

—Mi libreta —dijo con tristeza—. Se quedó en lo alto de la torre y la explosión deshizo la última parte de las escaleras. No soy nada sin ella.

—Yo tampoco —agregó Lili preocupada.

—¡Ah!, eso, para mí, es pan comido —Rosalío se pulió las uñas con la solapa de su saco—. Ven, Lili, tú y yo vamos a recoger esa libreta.

Rosalío se remangó la camisa, tomó a Lili en su mano y la levantó. Su brazo empezó a estirarse y se siguió estirando más y más y parecía que en cualquier momento se le iba a reventar, como cuando se estira una liga más de la cuenta, y que Lili saldría volando por los aires. Pero Rosalío, tan campante, siguió estirándose hasta que logró posar a Lili en el derruido techo de la Torre, donde estaba la libreta ilesa. Lili la tomó en sus brazos y regresó a la mano de Rosalío. El descenso fue rápido entre aplausos y hurras de los espectadores, en especial del Mago Damián. Ahora sí estaban listos para partir.

Todos tomaron sus lugares en el camión y abrocharon sus cinturones. Viriato hizo sonar un silbato que parecía de ferrocarril más que de camión, y de inmediato las ventanas fueron cubiertas por cortinas negras que impedían la vista hacia afuera. Una vez que el camión arrancó –o despegó, nadie supo precisarlo–, Ubaldo se paró en el pasillo y empezó a cantar la legendaria "Acelérele chofer, acelérele chofer, que lo viene persiguiendo la mamá de su mujer". Todos lo miraban como si estuviera loco. Ubaldo, desairado, regresó a su asiento y le dijo a Rosalío:

–Yo pensé que eso les gustaba.

Él miró a los muchachos. Estaban exhaustos.

–Pobres, tuvieron un día muy pesado –dijo, y estiró su brazo para apagar las luces del camión. ◆

Capítulo 18

◆ ANDRÉS despertó en un sitio que le era familiar. Reconocía el olor de esas sábanas, así como la textura de la piyama de franela que lo cubría. Cuando sus ojos se acostumbraron a la poca luz, se percató de que estaba en la recámara donde durmió la última vez en la Asociación. Se dio cuenta también de que en mucho tiempo no había tenido un sueño tan tranquilo y tan profundo, y quiso volver a él, pero no pudo. Estaba emocionado y satisfecho, había cumplido su misión y aunque tropezó un par de veces, al final todo salió bien. Lo único que le preocupaba era Isabel. ¿Habría despertado?

Andrés esperó el amanecer sumido en sus pensamientos, con todos los dedos cruzados para que Isabel estuviera bien. Apenas empezaba a despuntar el día cuando escuchó la voz del Jefe.

–Bien hecho, muchacho. Me gustaría felicitarte personalmente; por favor vístete y pide a alguno de los hermanos Cochupo que te conduzca a mi oficina.

Andrés brincó fuera de la cama y se vistió con rapidez; le emocionaba la idea de conocer al Jefe.

"¿Será un superhéroe como Batman?", se preguntó, y se contestó él solo: "No, si así fuera no se escondería. A lo mejor se trata de un monstruo deforme que teme mostrar su cara al mundo. O tal vez se parezca a Santa Clos..." Viriato Cochupo interrumpió sus conjeturas.

–¿Ya estás listo? –preguntó desde afuera de la habitación. Andrés salió y Viriato lo condujo a través de la bodega que conocía tan bien, hasta las puertas de metal que algún día se preguntó a dónde llevaban y que resultó ser un elevador que conducía al despacho del Jefe.

–Suerte, chico –Viriato le dio una palmada en el hombro. Las puertas se cerraron y, al volverse a abrir, Andrés se topó con un espejo. Miró hacia ambos lados y hacia arriba. Seguramente se había detenido en el piso equivocado. Picó los botones del elevador, pero éste no se movió. Se encogió de hombros confundido, y más se desconcertó cuando su propia imagen salió del espejo para tomarlo de los hombros.

–No hay error –dijo la voz del Jefe en labios de su propia imagen–. Yo soy el Jefe.

–Te pareces a mí –dijo Andrés hablándole por primera vez de tú. Le parecía ridículo hablarle de usted a un chico de su edad por muy Jefe que fuera. Además, tan parecido a él. No sólo físicamente, también vestía sus mismas ropas, y tenía la misma cicatriz en la mejilla derecha.

El Jefe lo invitó a pasar a su oficina, que no tenía nada que ver con la del Maestro. En lugar de máscaras de payasos había esculturas; en lugar de carteles de películas maletas, cuadros de Dalí, de Van Gogh y un retrato de Chaplin. Andrés se sentó en una silla frente al escritorio del Jefe; se sentía extraño, parecía que había ido a charlar consigo mismo.

—Como ves, no me parezco a Batman, ni a Santa Clos, ni soy un monstruo horrible.

—No, ya veo —Andrés se avergonzó un poco por haber pensado tanta zonzera.

—En realidad no tengo forma, soy un ente abstracto, ¿entiendes lo que es eso? —Andrés confesó que no—. No tengo cuerpo, no tengo materia. Yo represento las buenas ocurrencias que tienen las personas; de ellas estoy formado, lo mismo que el Maestro representa las malas. Tengo la capacidad de escoger una imagen para presentarme a los ojos de los demás, pero no he encontrado ninguna que me convenza, como el Maestro, que se apropió de la imagen de un viejo avaro que vivió en Inglaterra a principios de siglo.

—¿Y piensas adoptar mi imagen? —preguntó Andrés, jactancioso.

—No, pienso seguir sin forma. Por eso evito presentarme ante las miradas de los demás. Cuando es necesario tomo la forma de mi interlocutor; sólo he tomado prestada tu imagen para felicitarte —se acercó a Andrés y le dio un abrazo muy fuerte—. Hiciste bien las cosas, muchacho, yo siempre supe que podíamos confiar en ti.

—Pero no pude deshacerme del Maestro —dijo Andrés decepcionado—. Yo lo oí murmurar "volveré, volveré".

—Nadie, mi querido Andrés, tiene la suficiente fuerza para luchar contra la tontería, contra las malas artes y las malas ideas, ¿comprendes?

—Aaah —Andrés trató de aguzar su atención—. Y entonces, ¿de qué sirvió todo lo que hice?

—Tú contribuiste un poquito para que en el mundo haya más cosas buenas que malas, y eso, créemelo, es una gran hazaña. Además, ahí tienes tu mejor trofeo —al decir esto, el Jefe señaló una pantalla en la que se veía la bodega, donde todos los ex prisioneros habían formado una larga fila. Entre ellos estaba Isabel. Andrés notó que sus ojos no habían perdido brillo y que su sonrisa era la misma que antes y eso lo tranquilizó.

—¡Qué bueno que está bien! —Andrés suspiró aliviado y luego preguntó: ¿Por qué están formados?

—Para pasar a la cámara del olvido. Todo aquel que salga de este lugar debe olvidar primero sus experiencias vividas tanto aquí como en las Fuerzas Jocosas.

—¿Todos, todos? —preguntó Andrés para evitar lo obvio de "¿Yo también?"

—Sí, todos, tú también.

—¡No, Jefe —se quejó Andrés—, yo no puedo olvidar todo lo que viví! Yo vi lo que va a suceder con nuestro mundo, ¡tengo que decirlo!

—Voy a consultarlo —el Jefe respondió después de un largo silencio—. Pero no te prometo nada. Por ahora debes bajar a reunirte con tus compañeros.

Se despidieron con un abrazo fraternal y Andrés bajó a la bodega. Lo primero que hizo fue correr hasta donde estaba Isabel y después de abrazarla la atacó con preguntas:

–¿Quién descubrió América? ¿Cuál es la capital de Argentina? ¿Cuáles son los tres estados del agua?

–En ese orden: Cristóbal Colón, Buenos Aires, y sólido, líquido y gaseoso.

–¡Bravo, te sirve el cerebro!

Uno a uno pasaban los ex prisioneros a la cámara, pero ya no salían de ahí. Rosalío le explicó a Andrés que, una vez eliminados sus recuerdos, eran mandados de regreso al mundo real, donde los aguardaban Madame Salgar y el Salchichón, para ayudarlos a regresar a sus casas, como cualquier otro ser humano de buena voluntad.

–Yo no puedo irme de aquí sin mis recuerdos –le dijo Andrés a Rosalío.

–Te entiendo, cualquiera en tu lugar desearía lo mismo.

Interrumpieron su conversación porque de pronto apareció frente a ellos el Mago Damián, acompañado de un señor y una señora que a Andrés le parecieron conocidos, pero no supo por qué. La mujer, sin embargo, corrió a abrazarlo y lo besuqueó todo.

–¡Andrés, lo lograste! –Andrés se le quedó viendo con desconfianza.

–¡Soy yo, Lili!

–Como ves –dijo el Mago– tuve mucho que hacer esta mañana.

Al efectuar el hechizo en reversa, Lili no sólo había recuperado su tamaño normal, sino también todos los años que había permanecido sin crecer durante su estancia en la Asociación, igual que el Ciento Uno, que era el otro señor.

–¿A poco te van a hacer olvidar? –le preguntó Andrés–. ¡Es la mitad de tu vida!

–No, Andrés, yo ya soy parte de la Asociación, como Madame Salgar, los hermanos Cochupo y el Salchichón. Voy a seguir colaborando con ellos desde la Tierra, pero ahora puedo recuperar la otra parte de mi vida.

–Yo voy a trabajar también para la Asociación, mientras termino de recordar mi pasado y puedo empezar a buscar a mi familia –explicó el Ciento Uno.

–Espero que podamos vernos por allá –dijo Andrés a Lili–. Le pedí al Jefe que no me quite mis recuerdos.

–No, Andrés –resonó la voz del Jefe a través de las bocinas–. He pensado que tienes razón. Obedeciste al pie de la letra todas las instrucciones y cumpliste tu misión. Creo que ahora estás perfectamente preparado para volver a la Tierra con todos tus recuerdos.

–¿Yo también? –preguntó Isabel tímidamente.

–¿Cuales son tus motivos?

–Bueno, en las Fuerzas Jocosas escribí algunos cuentos; dejé mis hojas, pero me acuerdo bien. Si se me olvida todo ya no podré volver a escribirlos. Además Andrés ya me ha contado su aventura en el Pantano de los Desterrados. Yo también sé lo que nos espera.

–Apoyo la petición de la compañera –dijo Rosalío. El Mago, Lili y el Ciento Uno también estuvieron de acuerdo, y qué decir de Andrés: él sabía que iba a necesitar a alguien con quien hablar de esa experiencia tan importante, y quién mejor que la niña de quien estaba enamorado.

El Jefe había registrado los pensamientos de Andrés, y eso fue lo que le hizo aceptar la petición de Isabel.

–Deberán ser muy cautelosos; se van a quedar con sus recuerdos, pero es necesario mantenerlos estrictamente en secreto. Tenemos que proteger el anonimato de la Asociación y de todos sus miembros.

Andrés e Isabel hicieron el juramento solemne de jamás traicionar su confianza, y el Jefe se quedó tranquilo. Él, mejor que nadie, sabía que eran personas leales.

Lili le dio a Andrés el libro del doctor Beltrán, aquel que encontraron en la cueva de Artemisa Negrón.

–Aquí dice que este señor estudió la carrera de biología en la Universidad Nacional de 1994 a 1998. Ahí lo podrán encontrar.

Se despidieron una vez más. De nuevo prometieron ser fieles al secreto y juntos entraron al elevador que momentos antes había llevado a Andrés a la oficina del Jefe. Sólo que esta vez no sintieron subir el aparato. Andrés conocía perfectamente ese sueño. Isabel no supo qué estaba ocurriendo y se abrazó de Andrés asustada.

–No te preocupes –dijo él–. Todo está bien.

En cuanto acabó de decirlo ambos se quedaron dormidos. Era el último sueño de Andrés fuera de su realidad. ◆

EPÍLOGO

◆ ANDRÉS E ISABEL despertaron en la fonda del Salchichón, que les tenía preparados unos tamales para desayunar. Era mediodía de un viernes; exactamente seis semanas habían pasado desde que ambos fueron alejados de sus hogares. No sabían qué iban a decir. ¿Qué historia podía resultar lo bastante convincente para evitar preguntas y sospechas? Mientras desayunaban discutieron el punto, pero no llegaron a ninguna conclusión.

–Por lo pronto deberíamos terminar con lo que empezamos, y antes de volver a casa, buscar al tal doctor Beltrán para platicar con él y darle su libro, y en lugar de que se espere años para escribirlo, que lo tenga ya y empiece a repartírselo a todo el mundo.

El Salchichón les dio un par de billetes. Se despidieron agradeciéndole el desayuno y emprendieron el camino a la Universidad. En el taxi decidieron que no inventarían ninguna historia. Andrés pensó en cómo actuarían si hubieran pasado por la cámara del olvido. Simplemente, dirían que no recordaban nada.

Al llegar a la Universidad ambos se sorprendieron muchísimo. Esperaban encontrar algo como del tamaño de su escuela, y no aquel parque inmenso con tantos edificios llenos de estudiantes.

–¿Dónde están los salones de biología? –preguntó Andrés a un muchacho al que le vio cara de científico.

–En la Facultad de Ciencias –en efecto, era científico–. Si quieren síganme, yo voy para allá.

Así lo hicieron, pero era un mundo de salones, miles de estudiantes, y nadie parecía conocer al doctor Beltrán, hasta que llegaron con un grupo de dos hombres y una mujer que conversaban.

–Disculpen –Andrés no se dirigió a ninguno en especial–. ¿Conocen ustedes al doctor Beltrán?

Los muchachos se miraron entre sí como a punto de reírse, y uno de ellos preguntó:

–¿A *qué* doctor Beltrán?

–Creo que se llama Enrique –Andrés no quería sacar el libro enfrente de nadie más, sin saber que el que le acababa de hacer la pregunta era el mismísimo autor del libro que cargaba en su mochila.

–Yo soy Enrique Beltrán.

Isabel le dijo a Andrés aparte:

–No, Andrés, éste no tiene cara de científico; míralo, es muy fachoso, y tiene el pelo largo; no se ve muy serio.

–Pero no creo que nos esté engañando. A lo mejor crece y agarra tipo de doctor.

Los cuatro muchachos los miraban desconcertados, especialmente el futuro doctor Beltrán.

–Tengo algo para usted, doctor –Andrés asumió una seriedad que casi hizo reír a Enrique Beltrán, a quien todavía le faltaban muchos años para ser doctor. Caminaron algunos metros lejos de la otra pareja.

–Es algo que usted escribió después –dijo Andrés y se detuvo al darse cuenta de lo extraño que sonaba eso; prefirió sacar el libro y evitarse explicaciones que no tenía. Grandes fueron su sorpresa y decepción al ver que el libro no era el mismo que él había traído. Si bien era de igual tamaño y peso, las pastas estaban totalmente en blanco. Empezó a pasar las páginas, que estaban en las mismas condiciones que la cubierta.

Andrés miró a Isabel como esperando una respuesta; sin embargo ella sólo se encogió de hombros para indicar que tampoco tenía idea de qué había pasado. Andrés cerró el libro. El muchacho los miró confundido, esperando que dijeran lo que tenían que decir. Andrés suspiró y despues le entregó el libro en blanco.

–Es que todavía no lo ha escrito.

El muchacho tomó el libro mirando a su alrededor. Sospechaba que alguno de sus compañeros le estaba gastando una broma. Pero no vio a nadie, y en cambio vio la expresión sincera de Andrés, que lo desconcertó un poco más.

–No entiendo –dijo mirando el libro–. ¿Es una broma?

–Yo tampoco entiendo, pero no es una broma –Andrés suspiró de nuevo.

Los chicos se despidieron y salieron de la Universidad en silencio.

No podría describirse la alegría de los papás de Andrés cuando lo vieron entrar por la puerta, sonriente y feliz. Ellos eran los que estaban flacos y demacrados, sobre todo Tomy, que al ver a su hermano sonrió por primera vez desde hacía seis semanas. Lo primero que hizo el papá de Andrés fue correr al teléfono a avisarle a los padres de Isabel que ella estaba ahí. Momentos después estaban sentados en la sala, con su hija en brazos.

–Quién sabe –era la respuesta de Andrés e Isabel a las preguntas de sus padres. Ellos estaban muy intrigados y quisieron averiguar más, pero Andrés e Isabel dijeron que no recordaban nada; insistían en que habían perdido la memoria de todo lo ocurrido durante ese tiempo. El júbilo de ver a sus hijos otra vez era mucho más fuerte que cualquier otra cosa, y como los chicos estaban bien, de momento no hicieron más preguntas. Aunque luego les mandaron hacer pruebas para ver si lograban recordar algo, ellos se mantuvieron siempre firmes a la promesa que hicieron a la Asociación.

Al día siguiente Andrés e Isabel se presentaron en la escuela de nuevo y sus compañeros les dieron un recibimiento muy cariñoso. Presentaron todos los exámenes que habían perdido y aprobaron todos, así es que a pesar del tiempo que se ausentaron de la escuela pasaron a secundaria con buenos promedios.

Pidieron ir a la misma escuela, deseo que les fue concedido con gusto. Por supuesto que Andrés ya no tuvo que volver a declarársele a Isabel; dieron por hecho que seguían siendo novios y lo siguieron siendo durante mucho, mucho tiempo.

Ninguno de los dos volvió a ver a sus amigos de la Asociación. La fonda del Salchichón existía, pero era otro cocinero el que trabajaba ahí. El departamento de Madame Salgar estaba deshabitado, lo mismo que la enorme bodega donde Andrés pasó tanto tiempo. Muchas veces se preguntaron qué habría sido de ellos y los extrañaron.

Andrés no pierde la esperanza de volver a verlos, y de cuando en cuando se da una vuelta por aquellos lugares, a ver si acaso están de misión en la Tierra y los encuentra por ahí.

Isabel escribió sus cuentos: el del perrito y la aspiradora le valió ganar un premio en un concurso escolar. Y –cambiando nombres y lugares para proteger la identidad de la Asociación–, empezó a escribir un libro sobre las aventuras de ella y de Andrés en las Fuerzas Jocosas y en la Asociación de las Buenas Ocurrencias; pero ése aún no lo termina.

Esperemos que le quede bien. ◆

Índice

Odisea por el espacio inexistente de M. B. Brozon, núm. 134 de la
colección *A la orilla del viento*, se terminó de imprimir en los talleres
de Impresora y Encuadernadora Progreso, S.A. de C.V. (IEPSA),
Calzada de San Lorenzo núm. 244; 09830, México, D. F.
durante el mes de septiembre del 2000. En su elaboración
participaron Diana Luz Sánchez, edición,
y Pedro Santiago Cruz, diseño.
Tiraje: 5000 ejemplares.